三傑のサッカーは
世界を揺らす!

音楽鑑賞が数少ない趣味であるアキラは、
バンドの演奏を割と楽しく聴いていた――
「アキラ。マジでつまんないから
他行かないか？
こいつら、ぜんぜん熱意がたんねーもん」
容赦のない酷評がアキラの耳に入り、
顔をしかめた。
Akira Sada
佐田明

「それで？　俺に一体、何の用なんだ？」

その質問に琴音は神妙な顔で答えた。

「今度の日曜日に兄さんと一緒にサッカーをしてくれませんか？」

Kotone Shiga
滋賀琴音

「「「滋賀くん、頑張ってー！」」」

当の本人が、ちょっと照れ臭そうに、声援に対して手を振る。

これが日本代表の存在感か……。

Souya Shiga
滋賀槍也

三傑のサッカーは世界を揺らす!

カロリーゼロ

FB
ファミ通文庫

SOCCER HA

Presented by calorieZERO & Hassan

CONTENTS

WO YURASU !

イラスト　八三
SEKAI

プロローグ

sanketsu no soccer ha sekai wo yurasu !

仮に、街を行き交う人々に「サッカーで日本が一番強かった時代は？」というアンケートを取ったなら、大抵の人間は口を揃えて同じ答えを返すだろう。
三傑《さんけつ》が揃っていた時代、と。

4番、緋桜《ひざくら》 義丸《よしまる》
7番、佐田《さだ》 明《あきら》
11番、滋賀《しが》 槍也《そうや》

世界でも類を見ないほどの天才が、狭い日本で、同年代に三人揃った奇跡の時代。
彼らが十九歳という若さで代表入りした後、およそ十四年にわたり、それぞれのポジションと背番号は不動のものであったし、その期間の日本代表の戦績や彼ら個人の戦績は、他のどの時代と比べても頭二つ抜けている。

その原動力とも言える三人は、いつしか日本の三傑と称《しょう》されるようになる。

そんな彼らの数々の逸話《いつわ》を紹介する主旨のコラムであるが、その記念すべき第一回目には、滋賀槍也と佐田明が出会う話をとりあげたい。

滋賀槍也は、三傑の中では最も早くから頭角を現した男で、十二歳のときにジュニアの日本代表に選出され、世界を相手に華々しく活躍した。特にディフェンスの裏へ飛び込むセンスと最後の決定力が飛び抜けていて、いずれは日本を背負うストライカーになると将来を大いに期待されていた。

一方、もう一人の三傑、佐田明は、滋賀槍也と出会った時はまったくの無名の選手だった……どころか、いかなるサッカークラブにも所属していない、いわゆる素人《しろうと》でしかなかった。

彼らは十五歳の時に出会い、その出会いが互いの人生、そして日本のサッカー界を大きく変えていくことになる。


～ずっとずっと、未来のコラム～

第一話

sanketsu no soccer ha sekai wo yurasu !

紅葉《こうよう》が山を彩り始める十月の半《なか》ば、とある中学校の中庭で、軽音楽部のバンドがコンサートを開いていた。

音楽鑑賞が数少ない趣味であるアキラは、そのバンドの演奏を、観客の輪から少し離れた後方で、壁にもたれかかりつつも割と楽しく聴いていた。

ちらりと前方の観客に注意を向けると、主に女生徒がきゃあきゃあと、黄色い声を上げている。

学園祭のいちコンテストで可聴義務など何もないが、客の入りは中々に盛況だ。二階や三階のベランダにもかなりの人影が見える。学生どころか、ちらほらと教師の姿も見えるほどだ。

ちなみにその内の約七割は女性である。

というのもこのバンド、中々のイケメンぞろいで、なおかつ、この前なんとかの大会に出場してなかなかの評価を得たらしく、

「もしかしたら、将来スターになるかも⁉」

「今の内にサイン貰《もら》っておく⁉」

という噂《うわさ》が、一時、教室の女生徒たちの間で流行《はや》ったものだ。

別にアキラは、彼女たちと仲良くコミュニケーションをとるような性格でもないので、わざわざ聞《き》き及《およ》んだわけではなく、偶々《たまたま》――といっても、彼女たちの会話は教室中に広がる大きな声ではあったが――とにかく、偶々、噂を聞いただけだが、それなりに期待していたし、今彼らの音楽を聴き、中々に悪くないな……と、それなりに満足していた。

少なくとも最後までは大人しく聴くつもりだ。

だが、

『駄目だな、こいつら。歌は音程狂っているしリズムも悪い。きっと、音合わせとかも全然やってねーな。まあ、無料だからいいけど、金とっていたら罵倒《ばとう》して良いレベルだよ』

容赦《ようしゃ》のない酷評《こくひょう》がアキラの耳に入り、顔をしかめた。

苦々しげに思いつつも黙殺《もくさつ》し、そのまま続きを聴いていたら更に、

『アキラ。マジでつまんないから他行かないか？　こいつら、ぜんぜん熱意がたんねーもん』

と、先程より大きな声でそんなことを言って来たので、つい我慢できず、

「うるさい、黙ってろ」

小さくそう呟《つぶや》いた。

そうしたら、ちょっと離れた所で演奏を聴いていた女子たちが耳聡《みみざと》くアキラの呟きを拾ったらしく、目をまん丸にしたと思ったら次の瞬間、不機嫌そうに睨《にら》みつけてきた。

どうやら、アキラが憧《あこが》れのバンドにケチを付けたと勘違いしたらしく「なんで、あんたはここにいるの？　不満があるなら、どっか、よそ行けば？」と、どの娘の顔にも書いてある。

誤解だ——。アキラはそう弁解したい気持ちに襲われたが、無意味であることを悟って諦めた。

何故《なぜ》なら、先のバンドに対する酷評は、彼女たちには聞こえていない事がわかっているから。である以上、どんな弁解《べんかい》も無駄だ。

彼女たちに睨まれ居心地が悪くなった状況では音楽も楽しめず、アキラはため息と共にその場を去る事にした。

次第に小さくなる音楽に、いささか未練を感じていると、

『いやー、アキラも見切りをつけたんだ？　正解！　あれを聴いているぐらいなら水のせせらぎを聴いてた方が、よっぽど癒《いや》されるよ。なんなら、今から行く？』

アキラとは対極の晴れ晴れとした声が、そんな戯言《ざれごと》を言って来たが無視する。

無言のまま人気《ひとけ》のない方へ進み、丁度《ちょうど》いいベンチがあったので座った。

そのまま脱力しながら辺りを見回しても、人影はない。

そのことを確認してから、ようやくアキラは口を開いた。

「おい、ヤマヒコ……お前、そんなに俺の趣味にケチをつけたいのか？」

繰り返すが、ベンチに座っているのはアキラ一人で周囲に人影はない。だが、返事は返って来た。

『いやあ、そんなつもりはないよ。俺だって音楽を聴くのは好きさ……でも、あれはないって』

「お前にはそうかもな？　でも俺にはアリなんだよ、アレは」

『それは、わかるけど……でも、好きになれない音楽を延々と聴かされる俺の立場も思いやってくれよ』

「知るかよ、そんなこと」

『そんなー！　寂《さび》しいこと言うなよ！』

本当に寂しそうな声でそんなことを言われて、アキラはウンザリした。

「全く……一体、お前は何なんだろうな？」

それはこの半年と少しの間、幾度となく繰り返した質問であり、

『それは俺も知りたいねー』

その回答もまた、お馴染《なじ》みのものだった。

＊＊＊＊＊＊

佐田明《さだあきら》は何の変哲もないごく普通の日本人だが、一つだけ他人と違う所がある。それは、自分の体の中によくわからない奴がいるという、極めてありがたくない個性だった。

始まりは今年の春休み、自宅の自室のベッドの上でお気に入りの音楽を聴いていたら、

『いやー、何度聴いてもララサはいいねぇ』

と、そんな陽気な声がどこからともなく聞こえて来た。

驚いたアキラが部屋の中を見回しても誰もいない。

「何だ……今の声は？」

『ん？　どうしたのアキラ？』

「！　……誰だ⁉　誰かいるのか⁉」

『いやいや、何を言ってるのさアキラ？　ここはアキラの部屋だよ？　アキラ以外誰もいないよ』

「お前だよ⁉　さっきからアキラ、アキラ、俺の名前を呼んでいる奴！」

『だから、そんな奴いないって。…………！　もしかして俺⁉　俺のことなの⁉　……

まさか俺たち、会話しちゃってる⁉︎』

そんな噛《か》み合《あ》わないやり取りが、アキラとよくわからない何かとの初めての接触だった。

幽霊か？　悪魔か？　それとも、何らかの寄生生物か？　もしくはアキラの頭がおかしくなって幻聴が聞こえるようになったのか？

とにかくアキラが問《と》い質《ただ》せば、その何かは快《こころよ》く質問に答えてくれた。

『俺はさ、アキラの中にいて感覚を共有しているんだよ。アキラが音楽を聴けば俺にも聴こえるのさ』

驚くべきことにそいつは何年も前から、アキラが小学校を卒業する頃には存在していたらしい。

『アキラの卒業式、覚えてるよ。皆が、さよならー。中学校でも会おうねー。とかやってる時に一人でさっさと帰ったっけ。あれから丸二年か、月日が経《た》つのは早いねえ』

と、そんなことを言われたアキラが、

――何だこいつ？　気持ち悪っ！

そう思ったのは人として、ごく当たり前の反応だっただろう。

ついで、

「てめえ、俺の体から出て行け！」

そいつにそう言い放ったのも、やはり自然な流れだったはずだ。

『いや、そんな事言われても困るよ。そもそも、なんでここにいるかもわかんないし、当然、出て行く方法もわかんない』

と、何者かは告げたが、アキラは信じず即行動に移した。

階段を駆け下りると台所へ行き、冷蔵庫の中からタバスコの瓶《びん》を抜き取った。

階段を駆け上がり、自分の部屋に戻るとタバスコの蓋《ふた》を開けた。

封は切ってあるが中身はまだなみなみと残っているそれを見ながら、アキラは何者かに警告した。

「感覚が繋《つな》がっていると言ったよな？　なら見ろ。タバスコだ。お前が俺の体から出て行かないなら、これを一気飲みする。お前は地獄の苦しみを味わう羽目になるんだ。それが嫌なら今すぐに俺の体から出て行け！　――猶予《ゆうよ》はあと十秒だ」

今になって考えると、何故あんな馬鹿な事をしたのかわからない。ただ、当時のアキラにとって得体の知れない何者かは、明確な敵であり攻撃対象だった。

もしくは父親の影響だったのかもしれない。

つい一月《ひとつき》前ほどにリビングのテレビの調子がおかしくなり、親父は、

「電化製品は叩《たた》けば直る」

そう言ってバンバンとテレビを叩き始めた。

同じように自分がおかしくなったのも、何らかのショックを与えれば元に戻ると考えたのかもしれない。自分とテレビを同一視するなどアホの極みだし、更に言えば昔はどうだったか知らないが今のテレビは繊細《せんさい》で、叩いた位じゃ直らず、むしろ叩かれた事で寿命が尽き、親父がアキラを含む家族全員から白い目で見られた事も覚えていたはずなのに、何故、タバスコの一気飲みなどという道を選んだのか？

ちょっと冷静に考えたならわかりそうなものだが、要するに冷静ではなかったのだろう。『いやいや、アキラ！　やめた方がいいよ！　アキラは凄《すご》い誤解してるから！』という何者かの焦《あせ》る様な忠告も、まるでヴァンパイアが十字架を恐れるが如《ごと》く、タバスコに恐怖しているのだと、都合良く解釈した。

「十秒だ。くたばれ」

アキラはそう吐き捨てると、タバスコを一気に飲み干した。

そして、当然の如く悶《もだ》え苦《くる》しむことになった。

「〜〜〜〜〜〜〜〜〜〜〜〜〜〜〜〜〜〜〜！」

タバスコの威力はアキラの想像を遥《はる》かに超えていて、声を出すことも出来なかった。それどころか立っている事すら出来ず、ベッドに倒れこみながら身悶えた。

陸に打ち上げられた魚の様にピチピチと跳ね回りながら、走馬灯のように今までの人生を振り返ったり、

――こんな辛《つら》い目に遭《あ》うのに人は何故生きるのか？

などと、神に問いかけたり、

――これは試練であり、乗り越えた先に栄光がある。

と、意味不明な悟りを開いたりと、つまりは思いっきり無様《ぶざま》な醜態《しゅうたい》を晒《さら》す羽目になってしまった。

そんなタバスコショックも時間がたてばピークは過ぎる。

しばらくして、さて、あいつはどうなった？　と考える余裕が出て来たが、その時、

『アキラ……大丈夫？』

と、何者かが心配そうにアキラの身を案じて来た。

――くそ、駄目か！

タバスコ作戦が失敗したことを悟ったアキラだが、それでも、何者かに向けて強く言った。

「はっ！　どうだったタバスコの味は？　もし、お前が俺の中から出て行かないなら、この先、幾度となくこの苦しみを味わう羽目になるんだぞ！」

そう口では強がったが嘘だった。一度タバスコの威力を思い知ったアキラは、二度と同じマネは出来ない。

だが、それを隠してブラフで追い出すことを狙ったのだ。

DEATH
HOT

しかし、そんな虚勢《きょせい》を張るアキラに、何者かは心底申し訳なさそうに告げた。

『ごめん！　さっきは感覚が繋がっているって言ったけど、それは耳だけ！　聴覚だけなんだ！　だからアキラが聞いた音は俺にも聞こえるけど、アキラの見た景色は俺には見えないし、食べ物の匂いや味なんかもさっぱりわからない』

なんだそれは？

「はぁ？　耳だけ？　……じゃあ、今のタバスコの苦しみは？」

『さっぱりわからない』

そう言われてアキラはマジでキレた。この途方もない苦しみを味わっているのが自分だけとかありえない。

「ふざけんな！　てめえ、俺を騙《だま》したのか⁉」

『いやいや、俺には聴覚だけが全てだからさ、つい、人間には他の感覚があるってことを忘れちゃってね。別に騙すつもりはなかったんだよ』

その言葉をアキラは信じなかった。

むしろ、こいつは俺を騙して遊んでいる……そう思った。

「お前、絶対に俺の体から追い出してやるからな！」

『いやー、一つの体に共存している俺たちじゃん？　しかも、折角《せっかく》テレパシーか何かで会話出来るようになったんだからさ、仲良くやろうよ』

「仲良くなんか出来るか⁉」

最悪のファーストコンタクト。

それがアキラとヤマヒコの始まりだった。

その後、アキラはヤマヒコを追い出すためにあの手この手を試《ため》したが、ことごとく失敗。打開策がないまま半年以上が経過し、良くも悪くもこの奇妙な共同生活に慣れてしまった。

因《ちな》みにヤマヒコという名前はアキラが付けた。なんだかんだ呼び名がないと不便なので、適当に思い浮かんだ山彦《やまびこ》という言葉を適当にもじっただけなのだが、とうの本人は、

『ヤマヒコ⁉　それが俺の名前⁉　うわあ、嬉《うれ》しいよ！　別に聞くだけの人生に不満があったわけじゃないんだけど……でも、名付けられて名前を呼ばれるのは凄くいいね！』

と、大変な喜び様だった。

アキラとしては、心中複雑だ。

聞くだけの人生というのが想像出来ない。視覚がなければ味覚もない。行きたい所に行くことも出来ない。それは、最大限軽く言っても大変な不自由なんじゃないかと思う。

だがヤマヒコはちっとも辛そうじゃなく、むしろ元気溌剌《げんきはつらつ》としている。

特に最初の頃は、入りたての居候《いそうろう》のようにこちらに気を遣っていたのに、最近は

図々《ずうずう》しさが増してきた。

今だってそうだ。

『やっぱりさ、俺とアキラって、ちょっと特殊な二重人格なんじゃないかな？』

「はあ？ ……なんでそう思う？」

『ほら、アキラは最初の頃、俺を追い出すために色々と試したじゃん？』

「ああ、やったな……ついでに言えば今でもヤマヒコには出て行って欲しいぞ」

ヤマヒコはアキラの後半のセリフを完全にスルーして話を続けた。

『でもさ、除霊とか言って、臨《りん》、兵《びょう》、闘《とう》、者《じゃ》、皆《かい》、陣《じん》、列《れつ》、在《ざい》、前《ぜん》、うんたらかんたら、破《は》――――！ とかやって、丁度部屋を訪れた妹ちゃんに『何やってんの？ 厨二病？』とか言われた事があったじゃん？』

「おい待て、協定違反だ！ その事には触れない約束だろ⁉」

『ああ、ごめん。……でもさ、そういう除霊とかって、お坊さんや霊能者でないと呪文を唱えても意味ないんじゃない？』

「ごめんですますな⁉ 何が言いたいんだよ、テメーは⁉」

『要するにアキラは、色々と試しはしたけど誰かに頼ったりはしないよねって事』

「……………」

アキラは今の指摘に反論することが出来なかった。実際、親にも相談していない。

　更にヤマヒコが意気揚々と続けた。

『そんな友達のいない、こじらせボーイのアキラ君。でも、本当はみんなともっとワイワイやりたいんだ。――という気持ちが、明るく陽気な俺という別人格を作り上げたんだよ。つまり、俺はアキラの理想の自分なんだよ！　だから、遠慮なく俺を見習って貰って構わないんだぜ？　ふふん！』

「…………」

　ほんと、くそ生意気になったもんだ。

　アキラはズボンの後ろポケットからスマホとイヤホンを取り出し、装着した。

　ポチポチと画面を操作して、目当ての項目をタップする。

　それは、こういう時のために用意した、ガラスを爪でひっかく音だ。

　準備万端、ミュージックスタート。

　不快な音が流れ始めたが、それほどの音量でもないのでアキラにとっては大してキツくはない。アキラにとってはだ。

　でもヤマヒコにとってはそうじゃない。

『あああああ！　ごめんなさい！　すいません！　調子に乗りました！　ほんの些細《ささい》な出来心だったんです、許して下さい！　ガラス！　ガラスは嫌ああああああ！』

「たっぷり反省しやがれ」

半年間の試行錯誤でヤマヒコを追い出すことは出来なかったが、アキラに大した苦痛がなく、ヤマヒコだけにダメージを与える方法は幾《いく》つか見つけた。このガラスの音はその最たるモノだ。

およそ一分強、ガラスの音を聴き続けた所でイヤホンを外した。

「ヤマヒコ、反省したか？」

『はい。たっぷりと反省しました』

「俺はな、確かに陽気な性格とは言わないかもしれないけど、そんな自分に不満はないんだよ。ましてや、お前みたいになりたいなんて絶対ない」

『その通りでございます、アキラ様』

「第一、お前の言っている事は明らかに間違っているだろう？　友達なら二人もいる」

『……………ソウデスネー』

ヤマヒコを言い負かしたアキラは、ベンチで空を仰《あお》いだ。

こうやっていつまでもベンチに座っているのも馬鹿らしい。かといって、他に観たいイベントもない。

「受験勉強でもするかー」

そう自らに言い聞かせると、ベンチから立ち上がって自分の教室へと足を向けた。結局のところヤマヒコ以上にそれが悩みの種なのだ。

佐田明、十五歳。中学三年の彼は、少し他の人とは違った所があるが、それでも数ヶ月後の高校受験が一番の悩みという、ごくありふれた中学生だった。

＊＊＊＊＊

山がすっかりと紅葉に染まった十一月の半ば、アキラは学校のグラウンドで白黒のボールを蹴っていた。

今日は三年生の球技大会で、男子は外でサッカー、女子は体育館でバレーを行っている。

球技大会。それは全八クラスによる勝ち抜き戦。

普段は勉強をする場所である学校でまる一日、公然と勉強せずに遊べるとあって、どのクラスも和気藹々《わきあいあい》と優勝目指して盛り上がるイベント……というのが一、二年生にとっての球技大会。

しかし、アキラたち三年生には、少し事情が変わってくる。

なんせ高校受験まで三ヶ月を切っている。そんな時期に丸一日を運動に費《つい》やすぐらいなら、受験勉強に費やす方がマシだと考える奴も少なくない。

だから要領の良い奴ほどレギュラーから抜けて机で参考書を開いているし、試合に負けても、

「これで受験勉強に専念できる。むしろやったぜ」

という空気が蔓延《まんえん》していて、いまいち熱気がない。

そんな微妙な盛り上がりを見せる球技大会を、アキラたち三年四組は破竹《はちく》の勢いで勝ち進んでいた。

今現在、一組と決勝の舞台をかけて……もしくは負け抜けをかけているのかもしれないが、兎《と》にも角《かく》にもスコアは4対1で残り時間はあと二、三分という状況だ。

まず間違いなく勝つだろう。

因みに一回戦も4対0と圧勝だった。

他のクラス同様にいまいち熱気の入っていない三年四組が、こうまで強い原因は二つあった。

一つ目は、元サッカー部の相田《あいだ》が素人相手にゴールを量産するからだ。

「いよっし、ボールをくれ！　駄目押しすんぞ！」

と、やる気100％のあいつは、受験勉強も他の奴らのやる気のなさも知ったこっちゃねえとばかりに、元サッカー部の実力を遺憾《いかん》なく発揮している。

今大会の得点王は間違いなく相田だろう。

そしてもう一つの理由は、不本意にもアキラ自身が原因だった。

一回戦から、中盤で上手《うま》くパスを回して攻撃の起点となっている。

自分で言うのも何なんだが、凄い活躍をしていると思う。

正直なところ予感はないわけでもなかった。ここ最近の体育の授業で何回かサッカーをやったが、授業の度《たび》に、こう何かがどうにかなりそうな気配はあった。

そして今、一秒ごとにアキラのサッカーの実力が向上しているのが実感できる。

できるのだが、同時に凄《すさ》まじく馬鹿馬鹿しくて素直に喜べない。

──俺はサッカー部じゃないのに……。

サッカー部でもなく、これからサッカーを始める予定もないアキラにとって、何という無駄な才能の開花だろう？　いっそ勉強の才能が開花してくれれば受験にも役に立つというのに、世の中ままならないにも程がある。

素直に喜べない理由はもう一つある。それは……、

「へい！」

短い掛け声と共に、クラスメイトからアキラにパスが出た。

ゴロゴロと転がってくるボールを、足の裏で押さえて止める。

それと同時にヤマヒコの声が聞こえた。

『あ、アキラ。右手側の中澤《なかざわ》君がフリーだよ。チャンス！　チャンス！』

中澤君って誰だよ？　そう思いながらも右手側に視線を向けると、確かに右サイドにフリーのクラスメイトがいた。

彼に向かってパスを出すと、すんなりとボールが通って、そのままドリブルでゴールに向かった。

『いよっしゃ！　行け！　行くんだ中澤君！　……あっ！　相田君も来てるから2対1だ。……あっ、いっ、うえっ⁉　……おっ！　ゴ〰〰〰〰〰〰〰ル！』

有言実行というか何というか、本当に相田が駄目押しゴールを決めたことで、ヤマヒコが無邪気に喜んでいる。

素直に喜べない、もう一つの理由はこれだ。

俺のサッカーの実力が向上したのは、ヤマヒコの影響が大きい。ヤマヒコがサッカーのルールを覚えて、フリーになっている味方を教えてくれるからパスがバンバン通る。

そのヤマヒコの手柄を、お前の手柄は俺の手柄……とは素直に思えない。

一方、ヤマヒコの方はご満悦《まんえつ》だ。

『いや〜、俺たち大活躍だよね⁉　アキラ、ナイスパスだったよ！』

「ヤマヒコ。お前、サッカー好きなのか？」

アキラの質問に、ヤマヒコは楽しそうに肯定した。

『うん！　こう、味方を繋いでボールをゴールまで持っていくのが、頭を使う必要があって面白いよね！』

　更に、

『何よりもアキラと一緒に遊べるじゃん。今まで、しりとりぐらいしかやってくれなかったしさ！』

んな事を言われても、むしろ、しりとりに付き合ったアキラの優しさに感謝して欲しいものだ。

　それにしても、

「なあ……お前、どうやって敵味方の位置を把握《はあく》してるんだ？」

アキラは、前々からの疑問を尋ねた。

ヤマヒコのアドバイスを聞いていると、こいつは敵味方全員の位置を把握しているとしか思えない。

一体、どうやってそんな真似《まね》を成《な》し遂《と》げているのか？　実のところ予想はできるが、その予測は自分でも信じられないものだった。

だというのにヤマヒコはあっさりと言う。

『どうやってって……足音とか、かけ声とか、呼吸音とか、風の音とか聞いてれば、普通にわかるけど？』

　まるで、それがどうしたの？　と言わんばかりだが、思わずアキラは呻《うめ》いた。

「マジかよ……」

確かに聴覚しかないヤマヒコなんだから、音で把握しているのだろうとは予想していた。

だが、今本人から直接聞いても容易には信じられなかった。

なんせアキラとヤマヒコは同じ耳を使っている。だが、アキラには逆立ちしたって無理な真似だ。

一応、理屈だけならわからなくもない。

まずヤマヒコはアキラより耳がいい。

それはこれまで一緒に暮らしている中で感じていた。

アキラが気付かない小さな音も拾うし、色んな音の聞き分けも目をみはるものがある。

同じ耳なのに何故そんな違いが起こるのかといえば、おそらくは依存度の違いだと考えている。

いつか何だったかで見たのだが、人は受け取る情報は五感のうち視覚が80％を占《し》めるらしい。

何処《どこ》の誰が言ったのかは覚えてないし、何処まで正しいのかもわからないが、まあ感覚的には納得はできる。

例えばこれが、人間の受け取る情報の80％が嗅覚である……とか言う奴がいたとして、それが世界一の学者だったとしても納得は出来ないだろう。

でも視覚が80％と言われれば、まあ、そんなもんか……と、おそらくは大多数の人がそう思うはずだ。

そして、視覚が80％なら、残りの20％を残りの四感で分けるわけだが、聴覚の割合はおそらく5％から10％程度。

つまり、アキラ自身が聴覚を精々が一割程度活用しているのに対して、耳だけのヤマヒコは聴覚に十割意識を振り分けている計算だ。

そりゃ、ヤマヒコの方が耳が良いだろうとは思っていたが、どうやら思っていた以上に差があるらしい。

まあ、人間、環境と努力次第で変わるもんだ。

例えば、砂漠の住人は目が良くて視力が１０・０の人間とか普通にいるらしいし、精密機械を作る職人の中には１０００分の１ミリの歪《ゆが》みを触って……つまり触覚でわかる人もいるらしい。

なら耳だけのヤマヒコが聴覚に特化することも、あり得なくもないだろう。

——そもそも、人かもわからん奴だ。何があってもおかしくない。

そんな風に自分を納得させている内に、試合終了の笛が鳴った。

結局、５対１で俺たちの勝ち。しばらくしてから、決勝戦をやらなければいけないわけだ。

「いよっしゃぁあああっ！　勝ち！」

『やったぜ！　しょーりー！』

相田とヤマヒコの能天気な勝利宣言に、アキラは合いの手を入れなかった。

つか、クラスメイトの誰も入れなかった。

＊＊＊＊

「佐田ってサッカー上手いよね？　もしかしてサッカーやってた？」

次の決勝戦までの時間、教室で休憩していると、クラスの友達の佐藤《さとう》がそんなことを聞いてきた。

『そうそう、俺もそんな気がしてたよ』

次いでヤマヒコも問いかけてきたが、佐藤の前なので無視する。

「あー……小学四年の頃に、近くのサッカークラブに入っていたことはあったな……」

「へー……」

……「でも、いざやってみると、サッカーが性《しょう》に合わなくて三ヶ月もしないぐらいで辞めた。

……たぶん、十回くらいしか行ってなかったんじゃねえかな」

「それで、あんなに上手いの？　続けた方が良かったんじゃないい？」

「いや……」

アキラは首を振って否定した。当時は全然上手くはなかったたし、自分の性格上サッカーを続けることは不可能だったはずだ。今もヤマヒコの影響があるとはいえ、

「所詮《しょせん》、素人相手だから凄く見えるだけで、ガチにやってる奴らには敵《かな》わねえよ」

「それもそうだよね」

佐藤が納得してウンウン頷《うなず》いていると、相田が勢いよく教室に入って来た。そのまま、さも重大そうに教室内の全員に向けて告げた。

「決勝の相手が決まったぞ！　七組だ！」

ずいぶんとはしゃいでいるが、アキラとしては正直、

——ああ、そう。

ぐらいの感覚だった。

けれど、となりの佐藤は違う反応を見せた。

「じゃあ、滋賀《しが》君となんだ」

と、心なしかソワソワしている。

——ああ、なるほど。……滋賀ね。

見れば他の男子も、そして女子までもが相田の言葉に反応していた。

さっきまでの無関心はどうした？　と言いたくなりはしたが、滋賀なら仕方がないかとも思う。

滋賀槍也《そうや》。

サッカーU-15の日本代表フォワードとして、ここ数年、断トツの結果を出している。

世界戦でも大いに活躍して、日本サッカーの救世主とまで世間から言われている男だ。

しかも、テレビのアイドルグループに所属していても何らおかしくないイケメンで、なおかつ性格もいいらしく、それこそ文化祭のイケメンバンドなんて足元にも及ばない、この中学校における正真正銘のスターだ。もし仮にアキラが比べられるとしたら、それこそ月とスッポンだろう。もちろん、滋賀の方が月だ。

アキラ自身は同じクラスになったことはなく面識はないが、噂だけなら耳にタコが出来るほど聞いている。

クラスの女子が、

「滋賀君からサイン貰ってきたよ！」

「嘘⁉　ずるいよ！」

「いいなー！　私にも見せて！」

と、はしゃいでいるのを何回も見たことがあるし、高校はどこぞのサッカー強豪校に授業料免除の特待生で進学するらしい。

そんな滋賀と、たとえただの球技大会とはいえ一緒にサッカーをするのだから、将来の自慢話になる事は間違いないだろう。

事実、相田が同じような事を言った。

「もし勝てれば、一生の自慢だからな！」

それに対して、

「いや、勝てるわけねーじゃん」

という至極真《しごくま》っ当《とう》な返事が返って来たのだが、相田は自信ありげに勝てる根拠を示した。

「大丈夫だ！　ハンデとして滋賀はディフェンスオンリー、攻撃参加はしないから！」

「だったら、自慢にゃならねーだろうが⁉」

呆《あき》れた様子で相田に反論するクラスメイトだが、その彼も先ほどまでと比べてやる気に満ちている。

日本代表と一緒にサッカーをするというのは、それくらいのインパクトだ。

中でも、

『いよっしゃあ！　日本代表に挑もうぜ、アキラ！』

ヤマヒコのテンションはマックス振り切っていて、超鬱陶《ちょううっとう》しい。

そんな空気に同調出来なかったアキラは、ため息をつきながら窓の外を見て、雨でも降らねーかなと願ったが、あいにくと雲ひとつない青空が広がっていた。

＊＊＊＊

しばらくして、決勝戦が始まった。

学校の球技大会ということで、整列や挨拶《あいさつ》を抜かしてグラウンドにばらけていく四組と、七組の奴ら。

アキラは自身のポジションにつくと、つい相手の左のディフェンスに視線を向けた。

俊敏《しゅんびん》さと爽《さわ》やかな雰囲気に満《み》ち溢《あふ》れている男、滋賀槍也。

なんというか、オーラがある。いくらハンデとはいえ、この男をディフェンスに回しているのが場違いに思えてくるほどだ。

とはいえ、本人に不満はなさそうだった。

そして、

「「「滋賀君、頑張ってー！」」」

グラウンドの外から女子たちからの息の合った声援が飛んできた。見れば女子たちが固まって滋賀に向けてエールを送っているし、そもそも今までよりギャラリーの数があきらかに多い。

当の本人が、ちょっと照《て》れ臭《くさ》そうに、声援に対して手を振ると、

「「「きゃー！　滋賀君！」」」

と、再び黄色い声援が飛びかかった。

――これが日本代表の存在感か……。

アキラが感心していると、ヤマヒコが悲しそうに言った。

『今の声援、四組の女子の声も混じってたよ』

「マジかよ……」

流石《さすが》に驚きはしたが、すぐに、それもそうかと思い直した。

「まあ、俺が女子でも、クラスの有象無象《うぞうむぞう》よりも滋賀の方を応援するよ」

小さな声でヤマヒコだけにそう告げると、

『でもさあ、これじゃ勝っても悪役じゃんか⁉』

ヤマヒコは、そんなの納得出来ないとわめき散らしたが、アキラはむしろテンションが上がった。

両足をバタつかせて、動きを確かめながら呟いた。

「悪役か……いいな、ちょっとやる気出てきた」

『………アキラってさ……ほんとそういう所、ヒネくれてるよね』

「うるせーよ。……大体、ウチの作戦からしてどう考えても悪役だろうが」

　滋賀はハンデとして左のディフェンスゾーンから動かない、という方針に対して、四組はエースの相田を、滋賀とは反対の場所に置くという戦略を取っている。セコい作戦だ。

　提案したのは相田だが、反対しなかった時点でアキラたちも同罪だろう。

　その相田がグラウンドの中央サークルでキックオフからのドリブルを始めた。

　試合開始だ。

「じゃ、行くか」

　アキラは、ヤマヒコにそう告げると、相手エリアへと走り出した。

＊＊＊＊

「はっ！」

　滋賀槍也は味方から回ってきたボールを左足で前線に送り出した。

　コンパクトな動きにもかかわらず、蹴り出されたボールは高い弧《こ》を描き、最前列のフォワードの元へと正確に送り込まれた。近くにいた四組の中澤が、槍也のことをまじまじと見つめた。

「相変わらず、すげーな、おい」

「おう、サンキュ！」

中澤とは去年のクラスメイトであり友達だ。

球技大会というレクリエーションの場なのだから、ボールが来ない時に少しぐらい話し込んでもいいだろう。

今日の三年七組の目的は『皆で楽しもう』というものなのだから。

その目的は槍也が提案した。

もうすぐ、中学を卒業する。

そして槍也は、高校は東京のサッカーで有名な私立強豪校に、特待生として入学することが内定している。

つまり今のクラスメイトたちと、高校で出会う可能性は、限りなく0だ。

よりレベルの高い環境でサッカーの実力を磨《みが》くために必要な事だと納得しているし、楽しみにもしているのだが、その一方で今の友達と、中学卒業と共に疎遠《そえん》にならざるを得ないことが少し寂しい。

だからこそ今日、『皆で楽しもう』と提案したのだ。

それは、もしかしたら槍也のワガママだったのかもしれない。

大多数のクラスメイトは、槍也とは違い進路が決まっていない。この先、受験が待っている。

今日だって、サッカーに精を出さずに机で勉強した方が良かったのかもしれない。

だけど、皆は槍也の提案に頷いてくれた。

「いいな、それ！　折角だから楽しくやろうか！」

「なーに、球技大会くらいで受験に影響なんて出ねえよ」

「そりゃ、お前はそうだろうよ。むしろ、球技大会が終わってからも遊びまくれ！　このインテリイケメン野郎！」

「ひでえな⁉　もし俺が受験に落ちたら、お前のせいだからな？」

あははっ！　と、笑い声が上がる中、皆が和気藹々といった感じで槍也に賛成してくれた。

本当にクラスメイトに恵まれていると思う。

そのクラスメイトの一人が、果敢《かかん》にドリブル突破からのシュートを放った。

残念ながら、ゴールからは外れてしまったが、それでも強く肯定した。

「ヒラ！　良かったぞ！」

槍也の声はよく通る。ヒラというあだ名のクラスメイトは、にこやかに槍也に向けて手を振った。

フィールドを見回しても、皆、いい顔してると思う。

――うん！

今日という一日が、良い思い出になりそうで何よりだった。

そのまま互いに得点のない一進一退の攻防が十分位続いた。ボールは両陣営の間を、目まぐるしく行ったり来たりしている。

そして今、相手のディフェンスが、アグレッシブにパスコースを遮《さえぎ》り、ボールを奪った。

——ナイスカット！

槍也は内心で褒《ほ》め称《たた》えた。

四組も中々にやる気だ。一致団結している七組に負けてない。

彼らは奪ったボールをパスで回して、ライン際からフィールドの中央に向けて蹴り出した。

その時だ。

四組のフォワード、相田が走り出した。

「うおおい！　ボールをくれ！」

そう叫びながらマークを振り切り、ゴールへ向かって行く。

思わず苦笑した。

——タイミングが早いよ、相田。それじゃ味方が反応出来ない。

今の裏への走り込みは完全に勇み足だ。

素人じゃ、相田の飛び込みに間に合わない。

いや、素人どころか、サッカー部の連中にだって無理だ。

それどころか、槍也の知る限り、ジュニアの日本代表の中にも今の相田にタイミングを合わせられる選手はいない。

相田の悪い癖《くせ》が出た。

相田は運動能力が高いし、果敢にスペースへ飛び込む度胸もあるが、残念ながらパサーへの配慮が足りてない。

ディフェンスラインの裏への飛び込みは、パスの出し手と受け手の連携が命だ。

独《ひと》り善《よ》がりの飛び込みじゃ駄目なんだって、相手の事も考えろって何度も忠告したものだが、どうにも改善されなかった。

別に相田が不真面目だったわけでも、槍也の助言を聞き流された訳でもないのだが、まあ、相田の性分なんだろう。

——それさえ直せば、もっといいフォワードになれるんだけどな……。

と、かつてのチームメイトを惜しんでいると、しれっと槍也の真横をボールが転がって行った。

「……は？」

自分の目で見た光景なのに受け入れられなかった。冗談抜きで自分の目を疑った。

それでもサッカー選手の本能が首を動かしボールの行方を追うと、勢いよく転がるボールを相田がフリーで受け取り、そのままキーパーと1対1から、力任《ちからまか》せのシュートがゴールネットを揺らした。

「ゴ―――ル！　いやっはあああっ！」

両手を掲《かか》げながらはしゃぐ相田を、槍也は呆然《ぼうぜん》と見つめていた。

――いや、ありえないだろう……。

今の飛び込みはオフサイドに引っかかるか、パサーが遅れるかで、絶対に成立しないはずだった。

それなのに結果として、綺麗《きれい》なまでの裏への飛び込みとスルーパスのコンビネーションが成立していた。

一体、どうして、それが成立したのか？

――相田じゃないよな？

相田の動きは、数ヶ月前と変わっていない。いや、むしろ、部活を辞めた数ヶ月で動きのキレが落ちているようにすら思える。

――なら。

槍也はパスの出し手の方を見つめた。

見たことのない顔だ。同じクラスになったことはないし、サッカー部にもいなかった。

「あいつが………今のパスを？」

そう呟いた瞬間、体が痺《しび》れた。

——うわっ！　マジで⁉　あいつ、凄《すげ》え！

槍也は時々そうなる。超一流選手のスーパープレーなんかを見ると、感動と興奮に体を支配されてしまう。

プロの試合やワールドカップの映像を観た時に、度々、同じ事が起こった。

ただ、こんな球技大会というレクリエーションの場で、同学年のプレーを見て痺れるなんて想像すらしていなかった。

試合が再開されてからも、槍也はそいつから目が離せなかった。

その一挙一動に目を奪われてしまう。

——んん？　んんん？

不思議な選手だった。というより、ありていに言えば、あんまりサッカーが上手いとは思えなかった。

足の速さは普通。

体つきを見ても、あまり鍛《きた》えられていない。

ボールタッチも素人に近い。

何より、周りを見れていない。

ルックアップという技術がある。簡単に言えばボールばかり見てないで、顔を上げて敵味方の位置を把握するための技術だ。

特にパスを繋ぐ中盤の選手には必須とも呼べる技術で、上手い奴ほど足元よりも周囲を見ている。

槍也の知るジュニアの日本代表のミッドフィルダーなんて、常に周囲を見ていて逆にいつ足元を見ているのか不思議なくらいだ。

そしてあいつは、そのルックアップが全然出来ていない。ずっとボールばかり注視している。

なのにパスが通る。

意味がわからない。槍也が今まで見たこともないサッカーだ。

俄然《がぜん》、興味が湧いて来て、つい、近くにいた中澤に尋ねた。

「なあ、あいつサッカー上手いけど、なんて名前？」

「ん？　どいつ？」

「あれ。あれ。あの真ん中にいる、あいつ」

「あー、あいつは確か…………佐田だったかな？」

佐田！　それがあいつの名前か。

そして、やっぱり知らない名前だ。

気になって更に尋ねた。

「下の名前は？　どこかのサッカークラブに所属しているのか？　それとも元経験者？

中盤の選手だったのか？」

「待った！　多い多い！　んな、たくさん聞かれても、わかんねえよ？」

「えっ？　クラスメイトだろう？」

「んなこと言っても、ほとんど話したことなんてないしな……あんまり目立つ奴じゃないし…………つか、滋賀はなんでそんなに、あいつのことが聞きたいの？」

「なんでって……」

中澤の質問に、槍也は自分でも意表を突かれた。

「同じ学校にサッカーが上手い奴がいたら気になるだろう……」

その回答は、紛れもない本心だったが、何か違うと槍也自身が思った。

――なんで、俺はあいつの事をこんなにも知りたがっているんだろう？

わからない。わからないけど、それでも佐田の事を知りたいと思った。

槍也は理屈よりも直感の方が行動原理の上にくる。

だから四組のディフェンスから佐田に縦パスが出た瞬間、とっさに槍也はマークしていた中澤を放り出して駆け出した。

「お、おい？」

戸惑う様な中澤の声を置き去りに、佐田めがけて全速力で駆けた。

馬鹿なことをやっている。中澤を完全にフリーにしている。今、佐田から中澤にパスが出れば、それだけで点が入るだろう。

それでも、佐田への興味が勝った。

――さあ、中澤が空いてるぞ。気付いているか？　それとも気付いていないのか？　気付いているとして、間にいる俺をどうする？　躱《かわ》してパスを出すのか？　それとも仲間を使うのか？　さあ、どうする⁉

槍也は、佐田と直《じか》に対峙《たいじ》したい、という好奇心に突き動かされるまま、佐田の背中めがけて距離を詰めた。

一方で、そんな槍也の行動は、ヤマヒコを通じてアキラの耳に入った。

『あ、後ろから日本代表が来てるよ！　めっちゃ速い！』

「はあっ⁉　左のディフェンスゾーンから動かないんじゃなかったのかよ？」

『いや、俺に言われても困るよ。それよりも滋賀君のマークしていた中澤君がどフリーだから。滋賀君の頭の上を通せばチャンス到来だよ』

「簡単に言うなよ……」

頭の上を越すようなパス。つまり浮き球は、地面を転がるパスに比べて相応の筋力と技術が必要になる。

少なくとも、ガキの頃ちょろっとサッカークラブに通っただけのアキラには難易度が高い。

ましてや滋賀が迫っているとなれば尚更《なおさら》だ。

とはいえ、こっちのフォワードがフリーなら、他にパスを回すのも面白くない。

アキラは迷ったが、そうする内にも時が過ぎ、ボールがアキラの足元にやってきた。

それを一旦、利き足で止めて、

「……ええい、くそ！」

そんな意味不明なかけ声と共に、リフティングを始める時の要領で、利き足の足の裏でボールを引いて足の甲にのせると、爪先で膝《ひざ》の高さまで蹴り上げた。

更にもう一度ちょこんと蹴り、胸の高さまでボールを持って来て、そこから、のけ反りながら自分の背後へと蹴り上げた。

「ふっ！」

高く舞い上がったボールは、アキラ自身と、その背後へ迫っていた滋賀の頭上を越えて、フリーの中澤の元へと届いた。

『おう、成功した！　アキラ、カッケー！』

ヤマヒコの褒め言葉を聞きながらボールの方を向くと、中澤が丁度ドリブルを始めた所だった。逆サイドのディフェンスは間に合わない。楽々とゴールエリアまでドリブルしてからのシュート、決まった。

『中澤君、ナイスシュート！　これで2対0か、決まったかな？　決まったんじゃない？』

味方のゴールにひとしきりはしゃいだヤマヒコは、次いで、

『アキラ！　せっかくだから、今のプレーに名前を付けよう！』

などと、馬鹿な事を言った。

「なに言ってんだ？　馬鹿なのか、お前？」

『いや、日本代表をかわすパスだよ？　もう必殺パスじゃん？　なんか浮いてたし！なら必殺技には名前がいるっしょ？　アキラスペシャルとか、どうかな？』

「……死んでも嫌だ」

背後へ適当に蹴り出しただけで、必殺技とかありえない。どんだけ自意識過剰なのかって話だ。しかも自分の名前を付けるとか二重にありえない。

『じゃ、山彦オーバードライブ！　とかどうかな⁉』

「お前の名前を付けるのも、まっぴらごめんだ」

『ノン、ノン！　マイネームイズ、ヤマヒコ。ヤマビコではあーりません。……だから、

必殺技の由来は別だよ。それはね……』

「聞いてねえよ」

嘆息《たんそく》と共にアキラは告げたが、ヤマヒコは華麗にスルーした。

『ほら、山彦ってさ、やっほーって言ってから返ってくるまで、どうやっても消すことは出来ないだろ？　つまり、山彦は防げない！　そして、俺たちの山彦オーバードライブも絶対に防げないスーパーパス！　という意味合いを込めているんだよ！　どう？』

「やべえな……久しぶりに、ヤマヒコの消し方を真面目に考えたくなってきたな……塩でも振ったら消えねえかな……」

『俺はナメクジじゃないし⁉　つか、それもう試したじゃん⁉』

馬鹿なやりとりをしていると、アキラはふと視線を感じた。

「ん？」

そちらを振り向くと、滋賀がアキラの方をじっと見つめていた。

視線は感じとれないヤマヒコが尋ねてきた。

『どうしたの、アキラ？』

「いや、滋賀が、俺の事をずっと見てるんだが……なんでだ？」

アキラの質問に、ヤマヒコは得意げに答えた。

『それはきっと、アキラの今のプレーに見惚《みと》れちゃったんじゃない？』

「はっ」

アキラは鼻で笑った。

「日本代表が？　んなわけあるかよ」

『ま、それもそうだよねー』

実のところヤマヒコの考えは限りなく正解に近かったのだが、アキラも、そしてヤマヒコ自身もそれに気付かなかった。

そして、審判の先生が笛を鳴らして試合が再開されたが、やはり二点目が決め手だったらしく、最終的には2対1で勝ち、四組が優勝を決めた。

＊＊＊＊＊

決勝戦が終わった後、槍也はクラスメイトと「おつかれ」と声を交わした。

ハイタッチしたり腕を合わせるクラスメイトたちは、いい笑顔だった。

残念ながら優勝は出来なかったが、でも、当初の『皆で楽しもう』という目標は叶えられたと思う。

また、二点目を取られた原因についても、

「俺の判断ミス！　ごめん！」

と、謝ったのだが、皆は、

「気にすんな、今日は皆で楽しむ日だろ。滋賀だってやりたい様にやって楽しめばいいんだよ」

「そーそー。むしろ、滋賀の失敗なんて逆にレアだし。珍しいモン見たよ」

と、笑って許してくれた。本当にクラスメイトに恵まれている。

そして、皆で教室に戻る途中、佐田が一人で別棟の方へ歩いて行くのを見かけた。

その後ろ姿を見た槍也は思わず、

「ちょっと、ごめん！」

皆にそう断って、佐田の後を追いかけた。

＊＊＊＊＊＊

さて、アキラが何の用があって一人、別棟へ向かったのかというと、何のことはない、只《ただ》のトイレだった。

手短にすませて、手を洗って教室に向うアキラにヤマヒコが尋ねた。

『アキラ、何でわざわざ別棟まで来る必要があったの？　回り道もいいとこじゃん？』

その口調に無意味な行動へのぼやきが混じっているのは、アキラにも伝わってきた。

「うるせーな。今のタイミングだと混み合って並ぶのが嫌なんだよ」

『いやいや、普通に順番待ちした方が絶対に早いだろ？』

「別に何処で用をすませようが俺の勝手だろ？　路上でやるわけでも、女子トイレに侵入するわけでもねー。普通に男子トイレを利用することの、一体、何が悪いってんだよ？」

『そりゃ、そうだけどさ、でも……ん？』

足音がした。まず、ヤマヒコが気付いて、次いでアキラも気付いた。人のいない別棟だからこそ足音は響く。そして、足音はだんだんと近づいて来ていた。

『誰だろうね？　こんな場所に？』

「さあな」

ヤマヒコの質問に、適当に答えながら廊下の角を曲がると、足音の主と出くわした。

足音の主は、さっきまで試合をしていた滋賀だった。

――こいつもトイレか？

そう思って、脇にどきつつ、すれ違おうとしたら、

「佐田……だよな？」

と、滋賀がアキラに声をかけて来た。しかも、話した事もないのにアキラの苗字を知っている。どうやらトイレではなくアキラに用があるらしい。

『ん？　今の声は滋賀君じゃん』

ヤマヒコが呟いたが、人前なので無視する。

「そうだけど……何か用か？」

端的なアキラの質問に、槍也は、

「いや……あの……」

と、歯切れが悪かった。

それもそのはず、この時の槍也は、アキラに対する具体的な用件を持っていなかったのだから。

それでも、何とか話題を上げた。

「さっきのループパス、凄かったよ。こっちを全く見ないままに、中澤がフリーだって把握してたんだから」

「そりゃ、どうも」

アキラは、一体、何の話だ？　と思いつつも、相槌《あいづち》をうった。

因みにヤマヒコは、

『おう！　さすが日本代表！　見る目があるねえ！』

と、大はしゃぎだ。

鬱陶しいから黙れ、この馬鹿。

アキラがヤマヒコを脳内で罵倒していると、槍也は更に切り込んだ。

「佐田はサッカー部にはいなかったけど、何処かのクラブチームに所属しているのか？」

「いや、そんなことはしてないけど？」

「なら、高校でサッカー部に入るのか？」

「はあ？　……その予定もないな」

「じゃ、じゃあ、佐田はサッカーをしていなくて、これからもサッカーをする予定はないのか？」

「ああ、そうだけど……おい、滋賀。さっきから一体、俺に何の用なんだ？」

アキラからすれば槍也の質問はまったく意味不明のものであり、次第に苛立《いらだ》って来た。

「用件がないなら、もう行くぞ」

そう言って歩き出そうとしたアキラに、槍也は思わず肩を摑《つか》んで歩みを止めさせた。

「待ってくれ！」

その意外かつ強引な行動に、困惑した表情を見せるアキラに、槍也は強い口調で言った。

「なあ、俺とサッカーをやらないか⁉」

無我夢中で言った言葉だったが、槍也自身もその言葉でハッとした。

──そうか、俺はこいつとサッカーをしてみたい。こいつのパスを受けてみたいんだ。

自身が求めていることがわかって、心のもやが晴れた槍也。

一方、アキラの方はというと、まるでわけがわからず、ぽかんとした間抜け面《づら》を晒していた。

『おやおや⁉　なんか面白そうなことになりそうじゃん！』

そんな楽しげな声がアキラだけに聞こえた。

滋賀槍也と佐田明。日本が誇る突撃槍と稀代《きたい》のパサーは、こうして、学校の一行事にすぎない球技大会をきっかけとして、お互いの存在を知り、深く関わっていくことになる。

＊＊＊＊＊＊

【中学時代、滋賀槍也と同じサッカー部でツートップを組み、佐田明と同じクラスだった相田純一《じゆんいち》さんのインタビュー】

「というわけで、滋賀とチームメイトだった俺たちよりも顧問の先生の方が張り切ってました」

「へー、そうなんですか」

「まあ、気持ちはわかりますけどね。当時から滋賀は日本の救世主って呼ばれてて、俺たちだって誇らしかったけど先生だって誇らしかったんでしょう。ただ、だからといって、部活の練習メニューが三割増しになるのは、ちょっとどうかと思いましたけどね」

「あはは。それは大変でしたね」

「ええ、大変でした。でも、チームメイトから不満は出なかったし、俺も不思議と辛くなかったんです。なんて言えばいいのかな……滋賀には不思議な魅力があって、あいつが笑って『みんな、練習頑張ろうぜ!』って口にすると、やってやるぜ、オラー! という気持ちになるし、きつい練習だって前向きに頑張れた。そういう、周りのムードが自然と盛り上がるような雰囲気があいつにはありましたね」

「滋賀選手のカリスマ性は中学の頃には発揮されていたんですね」

「というより、あれは生まれつきなんじゃないかなあ」

「なるほど、大変興味深いお話でした。ありがとうございます」

「いえいえ」

「では、次は佐田選手の中学時代のお話をお願いします」

「……佐田か。……あー、佐田ですか……」

「どうかしましたか？」

「いや……まあ……正直に言いますと、俺には佐田との思い出がほとんどないというか、ぶっちゃけ最初の頃——あいつら三人が日本代表入りして色々と騒がれた頃のことなんですが、その頃、俺は佐田が元クラスメイトだったって知らなかったんですよ」

「え？　どうしてですか？」

「どうしてと言われても、佐田とは全然話したこともなかったですし、クラスで目立つような奴でもなかったですし……記者さんだって学生時代のクラスメイト全員を覚えているわけでもないでしょう？」

「それはそうですね。では、相田さんは佐田選手の事は好きではなかったんですか？」

「いやいや、とんでもない！　クラスメイトだとは知りませんでしたが、めっちゃファンでしたよ！　それこそ、サッカー選手としては滋賀以上に好きでした。サッカー選手の中で、俺が一番夢中になったのが佐田でしたね。あいつは当時の俺のヒーローでした。……今もね」

「滋賀選手よりもですか……それは少し意外ですね。普通、自分の近しい相手を応援するものではないですか？　一体、佐田選手のどんな所が好きだったんですか？」

「そうですねぇ……やっぱり、佐田がボールを持ったら何が起こるかわかんなくて一瞬も目を離せないような、あの独特のスタイルと空気が好きでしたね。そしてそれ以上に、佐田のあの性格がね……」

「佐田選手の性格ですか」

「ええ。ぶっちゃけ佐田って、凄え問題児だったでしょう？」

「確かにそうですね」

「あの三人が十九歳で日本代表を背負った時。まだ早い、四年後でもいいじゃないか、っていう反対意見もかなりあったけど、その中でも佐田は、協調性がないだの、ワガママだの、日本代表としての自覚がないだの、一番、色々と言われてましたよね。……いや、実際、協調性はなかったし、ワガママだし、『日本代表としての自覚？　知ったことか』とか自分で言ってましたし。いやあ、あいつは本当に問題児だった。記者さんはその頃の事、わかります？」

「ええ。私も三傑に夢中になった世代なのでわかります。確かに佐田選手は破天荒《はてんこう》でした。比較的、お行儀のいい日本のサッカー選手の中で、あんなあだ名を付けられたのは佐田選手ぐらいですよね」

「そう、そうなんですよ！　でも、俺も若かったから佐田のそういう傍若無人な所が逆に好きでした。こう、なんて言えばいいのかな……性格に難があろうともサッカーが上手ければいい、みたいな？　そんでどんだけ外野が騒いでも、いざ試合が始まれば誰もが認めざるを得ない結果を出す佐田が滅茶苦茶かっこよく見えた。その佐田と元クラスメイトだって知った時は本当に驚きましたよ」

「それはびっくりしたでしょう。一体、いつそれを知ったんですか？」

「ワールドカップ本戦のグループ戦の初戦で、日本が勝った時ですね。強豪アルゼンチンに競《せ》り勝《か》った事で日本中が沸《わ》いたでしょう？　そんとき同級生の間で、中学校に集合して、みんなで一緒に同級生の滋賀と佐田を応援しようってイベントが起きて、俺にも連絡が回ってきたんですよ。――それを聞いた時、最初は『はあ？　なんで、佐田の名前が出てくんだよ？』って思って、でも次の瞬間『え？　佐田って同級生なのか⁉』って……いや、ほんと驚きました。佐田が神奈川県出身ってのは知ってたんですけど、まさか同じ中学だったなんて想像もしていなかったんで。――そんで、おふくろに頼んで押入れの奥にしまっていた卒業アルバムを引っ張り出したら、同じクラスにあの仏頂《ぶっちょう》面《づら》が並んでいるんですよ。俺、思わず叫びましたよ。『何やってんだよ、ヒーロー⁉』って。いや、何やってんだよは、同じクラスだったのにそれを覚えていない俺の方なんですけどね。間が抜けているでしょう？」

「いえ……と言いたいのですが、正直なところ、少し……」

「ははっ、気にしないで下さい。本当に間が抜けていたんですから。只、少しだけ自己弁護させて貰うと、俺、高校のサッカー部とは肌が合わなくて一年の頃に辞めていたし、大学は東京で、地元とはちょっと疎遠になってましたから、情報が入って来るのが遅れたんです。……それに、俺だけじゃなかったんですよ」

「というと？」

「いや、中学校で同級生が集まって応援するイベントに俺も参加したんですが、滋賀が同級生だったのは知っていたけど佐田が同級生というのは知らなかった、って奴はいましたよ。俺が『佐田がクラスメイトでマジビビり』って言ったら『お前もかよ⁉ 俺もだよ！』って返す奴がちらほらとね……まあ、それ位、当時の佐田は目立たない奴だったんですよ」

「へえ、興味深いですね」

「まあ、そんなわけで、佐田がクラスメイトだった事は知らなかったし、知った後も佐田の中学時代を思い出せなかったんですが、でも、そんな情弱な俺とは違って二人の小さな記事まで網羅《もうら》しているディープなファンもいて、そいつから滋賀と佐田の出会いが中学三年の球技大会だった、っていう話を聞いてハッとしました。そんとき俺、滅茶苦茶活躍したじゃん！ ……って。そして思い出しました。あの時いいパスをくれたあいつ。あいつが佐田なんだってね」

「二人が出会った球技大会の事は私も知っています。なら、相田さんは滋賀選手よりも先に佐田選手からラストパスを貰ったんですね」

「それ、滋賀とツートップ組んでた事と合わせて、俺の一生もんの自慢話です。でも、当時は少し悔しかったかな」

「悔しかった？」

「ええ。佐田と一緒にサッカーやってパスを貰って……でも、俺は佐田の事を結構上手いな程度にしか思わなかった。高校に入る頃には、すっかりと忘れていたんです。でも、滋賀は佐田のプレーを見て、痺れて惚れ込んだんでしょう？　滋賀とは中学時代、部活でツートップ組んでましたけど、やっぱ俺とは違うんだなって思いましたね。……日本代表、それも三傑の一人と自分を比較するなんて馬鹿馬鹿しいですけどね」

「いえ、私も学生時代はサッカーをやっていたのでわかる気がします」

「そうですか……でも、まあ、少しだけ悔しかったけど、その百倍は嬉しかったですよ。俺の同級生が二人もワールドカップに出てるんです。当時も試合の度に中学校へ出向いて、みんなで二人を応援していました。凄く燃えましたね」

「ちなみに、そのイギリスワールドカップで、どの試合が一番、印象に残ってます？」

「決勝トーナメントの初戦。対スペイン戦、2対1でアディショナルタイム突入からの滋賀の同点弾」

「即答ですか……というか、あれですか？」

「そう！　日本のゴールの手前で緋桜《ひざくら》が奪ってから、僅《わず》か四タッチでスペインのゴールを割った、あの伝説のフォータッチゴール！　電光石火の同点劇！　あれ以外にないでしょう。俺、感動して大泣きしましたもん。俺だけじゃないですよ。その場の全員、泣きながら『滋賀〰〰！　佐田〰〰！』って二人の名前を呼んでましたよ。それこそ、娘が生まれた時ぐらいのもんですよ、あんなに泣いたのは」

「あのスペイン戦は日本が壁を越えた試合でしたよね」

「そうですよね！　それまで日本はグループ戦を勝ち抜いて決勝トーナメントに残っても、いっつも一回戦負けだったじゃないですか。そんで今度こそベスト8に入って欲しいって、みんな期待していて、でも相手は優勝候補だったスペインでしょ？　実際、スペインはめっちゃ強くて、一点負けでアディショナルタイム入ってんのに、更に容赦なく攻めてくるし、これはもうダメ押しゴールを取られるのが先か、タイムアップが先か？　っていう所から緋桜が奪ってからの佐田、滋賀でしょう。俺、解説の絶叫、未《いま》だに覚えてますよ『滋賀が来た！　滋賀が来た！　滋賀が来た！』ってやつ」

「それは、私も覚えています」

「その後の延長戦での勝ち越しゴールも感動したけど、やっぱあの同点弾が一番、感動しましたね。あの土壇場であいつら、マジで凄すぎんだろ！　って思いましたよ」

「わかります」

「それで日本初のベスト8に入って、その次も勝って、でも準決勝で負けて……その時は結局、ベスト4で終わりましたっけ。準決で負けた時の、悔し涙を流す滋賀と、多分、泣かない様に空を見上げていた佐田を見て、俺らも泣いたなあ」

「わかります……非常にわかります」

「でも、負けたと言っても日本初のベスト4でしたから、あいつらが帰国したらとんでもない英雄扱いで取材とかも凄かったですよね。そんで、取材陣が付いて来るのにキレちゃった佐田が『取材なら槍也のとこへ行け！　付いて来んな！』って叫んだのは、正直、笑っちゃいましたね。ああ、佐田らしいなって……」

「一応、佐田選手も最初の方はちゃんとインタビューを受けていたんですけどね……」

「ああ、見ました見ました。にこやかに、とはいかないですけど真面目にインタビューに答えてましたね。でも、フォータッチゴールについて聞かれた時に『あのアシストパスは俺の必殺技だよ』って答えたのは、マジで言ってんのか冗談で言ってんのかわからなかったですね。本人、苦々しい表情だっただけに余計に……」

「山彦オーバードライブですか？」

「ええ。ぶっちゃけ浮き球を背後に蹴り上げただけで、それだけなら俺でも簡単に出来ますよ。つか、あの後、小学生の間で一時、流行りましたよね？　山彦オーバードライブ」

「ありましたね。私もニュースで見ましたよ」

「そうそう。形だけなら誰でも出来るんですけど、でも緋桜のレーザービームみたいなパスを、マークを引きずったまま、ダイレクトで、背後を振り向きもしないで、ディフェンスとキーパーの隙間にピンポイントで落としたのは、佐田にしか出来ないウルテクですよね。あれに反応した滋賀も凄えわ」

「あの三人の個性が、これでもかってほど発揮されたプレーでしたからね。あの試合以降、三人を起用したのは早過ぎたという意見も、コロッとなくなりましたよね」

「そうそう！　それどころか、あいつらは、まだ十代。このまま、あいつらが成長すれば、四年後、八年後のワールドカップで優勝だって夢じゃないって言われて、もう日本中が期待しましたよね。俺も、もちろん期待しましたよ。凄え時代が来るって。あの時代をリアルタイムで見た俺は幸せでしたよ。子供にも孫にも自慢しましたからね。末の孫が、もうちょっと大きくなったら、やっぱり自慢して大いに悔しがらせてやるつもりです」

「あはは。あんまりお孫さんをからかうと『おじいちゃん、嫌い！』って言われちゃいますよ。程々に」

「ええ、程々に」

「……それでは、この辺で終わりにしましょうか。色々と話して下さり、ありがとうございました」

「いえいえ、どういたしましまして。そちらもお仕事、頑張って下さい」

筆者の取材を快く引き受けてくれた相田さんは、現在、板前として店を切り盛りし、二人の子供と三人の孫に恵まれている。お孫さんの一人はサッカーを始めたそうだ。

未来のコラム ～天才たちの出会い～

第二話

sanketsu no soccer ha sekai wo yurasu !

お風呂あがりの滋賀琴音《しがことね》は自宅の洗面所で、自分の長い髪を乾《かわ》かしながら、鏡の前で身だしなみを整えていた。

――髪、肌……まつ毛も……うん、大丈夫。

いつも通りの自分である事を確認して、椅子から立ち上がった。

そのまま洗面所を抜け、パジャマ姿でリビングでソファーに佇《たたず》む兄、槍也《そうや》の元へと向かった。

「兄さん。隣、座りますね」

そう断って、琴音は同じソファーに座った。

兄にぴったりと寄り添う様は、この年頃の兄妹《きょうだい》にしては距離が近い。

もし二人の間柄を知らぬ者から見れば相思相愛の恋人同士に思うかもしれないし、少なくとも琴音に限って言えば、さほど的外《まとはず》れな勘違《かんちが》いとも言えない。

滋賀琴音は、双子の兄、滋賀槍也の事が大好きなのだから。

琴音は昔から、それこそ物心つく頃からずっと、誰よりもかっこいい兄のことが大好きで大好きで仕方がない。

その自慢の兄、槍也は、幼少の頃から好奇心旺盛《こうきしんおうせい》でよく笑う子供だった。

笑う門には福来たると言うが、兄には正にそんな所があり、どちらかといえば人見知りだった琴音の手を摑《つか》んで、外に連れ出してくれた。

人が集まり、その真ん中でにこっと笑い、琴音を含めたみんなを自然と笑顔にさせてしまう兄のおかげで、琴音も沢山の人と交わり、いつの間にか引っ込み思案だった性格も改善された。

琴音にとって、槍也は兄妹であると同時に、紛《まぎ》れもないヒーローだった。

そんなかっこいい兄は、大きくなっていくと共に、ますます、かっこよさが増していった。

サッカーに興味を持ち始め、地域のサッカークラブに入ると、幾《いく》らもしない内に活躍し始め、クラブのヒーローとなった。

また、ひな鳥のごとく兄の後を付いて行き、同じサッカークラブに入団した琴音を邪険にする事もなかった。

兄とは違い運動が苦手な琴音には、リフティング一つとっても上手《うま》くいかなかったが、兄は嫌な顔一つせずに琴音の練習に付き合ってくれ、熱心にコツを教えてくれた。おかげで運動が出来る様になり、レギュラーとして試合に出るようにもなっていた。

とある試合でシュートを決めた時の、

「やったな、琴音！」

という言葉と兄の笑顔は、きっと一生忘れることはないだろう。

そんな兄の素晴らしさは、あっという間に世間に広がって、小学六年の頃に、なんと日本代表へと選ばれた。

俗《ぞく》に言われるサムライブルーのユニフォームを着て、世界を相手に活躍する兄は、もはや琴音だけのヒーローではなく、日本のヒーローと呼ぶことに何ら誇張はなかった。

また、日本代表となると同時に周りから過剰なまでの賞賛が舞い込んだが、そんな状況にあっても兄は変わることなく、傲慢《ごうまん》や慢心、虚栄心《きょえいしん》とは無縁だった。

琴音は、そんな兄が誇らしくて誇らしくて仕方がなかったが、同時に自らについて疑問を持つ様になる。


私は、兄さんの力になれているのだろうか……と。


兄、槍也は、周囲に沢山のものを与えられる人だ。

まるで太陽の日差しが地球に恵みをもたらす様に、琴音や日本中の人々に夢と希望をもたらしている。

対して、琴音は兄の後を付いていくだけだ。

中学校の男子サッカー部では女子マネ禁止だったが、もし禁止されていなかったら、やはり兄の後を付いていって兄のことを眺《なが》めているだけだったろう。

それでいいのだろうか？　違う。それでいいわけがない。

琴音が兄の事を、かっこよく誇らしいと思っている様に、兄にも琴音の事を、かわいい自慢の妹だと誇って貰《もら》いたい。

太陽の様な兄でも、時には疲れて落ち込む時があるだろう。そんな時に、安らぎを与えられる自分でありたい。

兄が困っているなら、それを助けられる妹でありたい。

琴音はそう考え、自分を磨《みが》くことにした。

兄さんにかわいいと言って貰いたいがために美容に力を入れ、兄さんに凄《すご》いなあと褒められたいがために勉強や運動に励《はげ》み、兄さんに美味《おい》しいと言わせたいがために料理を覚え、兄さんに琴音は優しいなあと思われたいがために優しくなろうと努力した。

実のところ、琴音の主観としては凄い兄と凡庸《ぼんよう》な妹であったが、客観的には、琴音は母親譲りの美人で地頭も良かった。また、兄の凄さに劣等感を抱いて捻《ひね》くれてしまう事もなく、真《ま》っ直《す》ぐに努力出来る性根の強さも持ち合わせていた。

そんな元々ハイスペックだった琴音が、たゆまぬ努力を重ねた結果、中学三年生になる頃には、文武両道で品行方正なスーパーハイスペック美少女へと羽化していた。

特に下級生の女生徒からは、理想の先輩としてアイドルの如《ごと》く崇《あが》められている。

当然、異性からのアプローチも山ほどだが、兄、槍也に首ったけな琴音は、その全てのアプローチをことごとく袖《そで》にしている。

琴音とて思春期のお年頃。そういうことに興味がないわけでもないのだが、兄よりかっこいい男性など、この国にいるはずもない。そんな男性は物語の中の白馬の王子様のようなもので、いっそ、ネッシーや宇宙人の方が、まだ存在している可能性が高い。

いや、白馬の王子様より兄の方がかっこいいのだ。

――このままでは、私は一生、恋愛することが出来ないかもしれません。

兄が素敵すぎて、時々、そんな風に悩む琴音だった。

とはいえ、他に深刻かつ切実な悩みを抱えていて、そちらの方がはるかに琴音を悩ませている。

琴音の悩み、それは、進学についてだ。

兄、槍也は、サッカーに力を入れている東京の私立高校に、授業料免除の特待生として入学することが内定している。同時に寮生活となり、この家を一時離れてしまう。

一方で琴音は、地元で一番の進学校に進学予定だ。仮に受験に失敗して私立高校に進むとしても、それは地元、神奈川の高校だ。

つまり数ヶ月後に、琴音と槍也は離れ離れになる事が決まっている。

——ああ、なんということでしょう⁉　まるで天の川に引き裂かれる彦星《ひこぼし》と織姫《おりひめ》ではありませんか⁉

悲しいし、苦しい。

でも、どうすることも出来ない。

大勢の期待を背負って、大きく羽ばたこうとしている兄に、行かないでくれと縋《すが》って足を引っ張るような真似は出来ない。

逆に——兄さんに付いて行きます。私も東京の私立高校で寮生活です……これも無理がある。

琴音がどれほど悩もうとも、二人の別離は避けられず——なら、せめて、別れるまでの日々を、かけがえのないものとして大切に過ごしていこう——と、決めたのだ。

そんなわけで、今日もまた身だしなみを整えて兄の隣に座った琴音は、今日の兄の一日を尋ねることから始めた。

「兄さんは球技大会……どうでした？」

「ああ、楽しかったよ……」

「それは重畳《ちょうじょう》です。私も出来る事なら見学に行きたかったのですが、あいにくと、バ

レーの試合が重なってしまって……」

「そうなんだ……」

「兄さん？」

幾らも話さぬ内に異変に気付いた。いつもは、もっとにこやかにお話をしてくれる兄が、今日は上の空だ。

全然、琴音に構ってくれない。

心配した琴音が、

「どうかしたんですか？」

と、尋ねてみても、

「ああ……いや……」

と、反応が鈍《にぶ》い、鈍すぎる。

そんな兄の横顔を見つめていると、ふと友達の顔を思い出した。

——まるで、先輩に恋した、夏子《なつこ》みたいです。

——あの時の夏子も、今の兄さんみたいにぼんやりと……まさか⁉

琴音は、最悪の予想にたどり着いた。

——えっ？　えっ？　嘘⁉　駄目ですそれは！　だって、ええっ⁉

兄に好きな人が出来たかもしれない、という予想は琴音にとって震度5の地震に等しい。

　内心しっちゃかめっちゃかだったが、辛《かろ》うじて理性が働いた。

　——待って、まだ、そうと決まったわけじゃありません！　これまで兄さんはサッカーひと筋だったじゃないですか⁉

　そう、兄はまだ何も言っていない。

　更に言うなら、ここ何年も、半年に一回くらいの頻度《ひんど》で探りを入れているのだが、これまで兄に女性の影はなかった。

　——大丈夫です！　きっと只《ただ》の考えすぎです！

　琴音は内心の動揺を隠して、表面上はいたってさりげなく聞いた。

「もしかして、気になる人でも出来ましたか？」

　違っていて欲しいと切に願う琴音だったが、兄はここにはいない誰かを思い浮かべながら言った。

「……気になる人……そうだな……きっとそうだ。俺は、あいつの事が気になって仕方がないんだろうな……」

　サーッと、自分の血の気が引いていく音が聞こえた琴音だった。

「そうなんですか……」

　辛うじて繋《つな》いだ相槌《あいづち》に含まれた感情は……諦念《ていねん》だ。

いつか、この時が来るだろうとは思っていた。

兄とてお年頃だ。異性に興味を持ってもおかしくない。

――私は妹として、どうすればいいのでしょう？

兄の恋心を認めず、わめき散らす。そんな自分を想像して首を横に振った。

無理だ。そんな真似は出来ない。そんな真似をするために琴音は今まで頑張ってきたわけではない。

――病める時も、健《すこ》やかなる時も、いついかなる時でも、兄さんを支える妹になると誓ったでしょう？　なのに今、兄さんが悩んでいる所へ、醜《みにく》い嫉妬《しっと》から更に悩みを増やすのですか？

――違います。今、私がすべき事は兄さんの相談に乗って、私心を交えずに応え、背中を押してあげる事です。

――たとえ、それで兄さんが私から離れていくのだとしても、兄さんが幸せになるなら、良しとすべきなのです。

琴音は悲壮な覚悟を決めて、兄と向き合った。

そして、あえて晴れ晴れとした笑顔を浮かべて告げた。

「兄さん！　兄さんが悩んでいるなら私が相談に乗ります！」

「いや……でも……」

困った顔をする兄に、少し寂しげに尋ねた。

「兄さん。私はそんなに頼りになりませんか？」

「琴音……」

槍也は、しばらく無言だったが、やがて――仕方ないなあ――という表情を浮かべた。

「なら、少し俺の悩みを聞いてくれるか？」

「はい、兄さん」

「実は今日、すっげえ気になる奴に出会ったんだ。今まで見たこともない、俺の知らない世界を見せてくれるかもしれない奴に」

兄を応援すると決めたとはいえ、知らない相手を想って目を輝かせる兄を見るのは辛《つら》かった。

それでも、表情には出さずに「……はい」と相槌を打つ。

更に、槍也が続けた。

「四組の佐田《さだ》アキラって奴なんだけど……」

「おとこっっっ⁉」

琴音はすっとんきょうな声を上げて、兄の言葉を遮《さえぎ》った。

――え？　待って、待って！　兄さんの想い人が男⁉　つまり、兄さんは同性愛者⁉

ええ？　えええっ⁉

——いや、待って！　アキラという名前の女性という可能性も⁉

「どうした、琴音？」

「えっと……そのアキラさんは女性ですか？」

琴音の質問に槍也は首を傾《かし》げた。

「？　いや、男だよ？　当たり前じゃないか？」

「当たり前なんですか⁉」

なんてことだ。兄にとって、想い人が男であることは当たり前なのだ。どうりであれだけモテるのに、恋人の一人も作らないわけだ。

——えっ？　これ、私、どうすればいいんですか？　兄さんを応援すべきなんですか？　いや、でも⁉

「ちょと、待って下さい！」

混乱に混乱が極まった琴音は、そう兄に願い出た。

「え？」

「少し、頭がこんがらがって来ました！　状況を整理する時間を下さい！」

「まだ具体的な事、何も言ってないけど？」

「でも、少し時間を下さい！」

「いや、いいけど……」

「ありがとうございます！」

兄の許しを得て、琴音は長考に入った。


――兄さんの好きな人が男だとして、まずは、応援するか反対するかを決めませんと。

――反対です。断じて反対です。兄さんの恋人が男など断じて認められません！

――ですが、私の方から悩みを聞くと言って、断固否定するのは良くないことです。

――ましてや、私を信頼して自分のマイノリティな指向を打ち明けてくれたのに……。

――でも、男……。

――というか、そもそも男性と男性はどういったお付き合いをするのでしょう？　さっぱりわかりません。

――ああ！　こんな事なら、みよリンが『ふへへ、あんたも禁断の世界の扉を開けないかい？』なんて言いながら勧めてきたＢＬ本とやらに目を通しておくべきでした！

私の馬鹿……馬鹿！


学年トップクラスの成績を誇る琴音とはいえ、まだ十五の小娘に同性愛の問題は重かった。この短い時間で良い答えなど思い浮かぶはずもなかった。

また、少し時間を下さいと断ったのだから、少しの時間で方針を決めなくてはならない。

別に槍也は急《せ》かしたりはしないが、そこらへん琴音は生真面目《きまじめ》だった。

次第に焦《あせ》りが募っていく。

――どうしましょう？　どうしましょう⁉

――ああ、もう！　何でよりにもよって禁断の愛を選ぶんですか⁉　というか、どうせ禁断の愛なら男同士のそれでなく、兄妹のそれでいいじゃないですか⁉　そっちだったら、みよリンから何冊も借りた事がありますし………はっ！　それです！

混乱と動揺と焦りがミックスされた極限の状況が、全てを解決するベストな答えを導き出した。

――やっぱり、兄さんと、その佐田君の恋愛を認めるわけにはいきません。女性でも受《う》け入《い》れ難《がた》いのだ。男性などもってのほかだった。

けれど、闇雲に否定しても効果はないし、むしろ反発を招きかねない。兄にも嫌われてしまうだろう。

――なら、発想の転換です。兄さんが男性を好きなのならば、それ以上に女性を好きになって貰えば、問題解決です！

――つまり、相談にかこつけて私が兄さんに、せ、迫ればいいのです！

途中、論理の飛躍があったかもしれないが、琴音はいたって真面目だ。

兄が男性以上に女性を好きになってくれれば、万事解決だ。

ただ兄に女性の良さを知って貰うにしても、そうそう兄の気にいる女性などあてはないし、出来るだけ内密にしたい。まかり間違えて、兄の同性愛をマスコミなどに知られたら一大事だ。

その点、琴音なら兄との距離も近いし、かわいがられている自信もある。秘密だって守れる。

無論、兄に女性の良さを知って貰うには、兄妹の一線を越える様な、あんな事やこんな事を実践《じっせん》しなければならないが、それは、いわば人工呼吸の様なものだ。

兄妹でキスをするのは許されないが、呼吸が止まるか止まらないかの非常時には、人工呼吸で唇《くちびる》を合わせることも許されるはずだ。

同じように、琴音が兄にあんな事やこんな事をするのは、兄を正道に戻すための、一時的な治療行為であり、何の問題もない。

——ああっ……いいです！

考えれば考える程、ベストな案だ。

琴音が兄とのイチャイチャ治療ライフを妄想して身悶《みもだ》えしていると、

「琴音？」

心配した槍也が、琴音の顔を覗《のぞ》き込《こ》んできた。

「だ、大丈夫です！　考えが纏《まと》まりました。佐田君とのお話を聞かせて下さい」

琴音は焦りながらも、兄に話の続きを促した。

一方で、

——この相談中に、兄さんの腕をとって、む、胸を押し付けてみましょう。

などと、考えていた。

漫画などでは定番の迫り方だし、麗華《れいか》先輩もそれで恋人を落としたとか自慢していた。

琴音自身、友達と比べても胸は大きい方だ。少なくとも同じクラスの女子の中では一番大きい。

——麗華先輩は、お話中「わー、すごーい！」という相槌と共に、好きな人に抱きついたと言ってました。「わー、すごーい」です。

——大丈夫、出来ます！　恥ずかしがらずにやってみせます！　これは兄さんのためなんですから！

覚悟を決めた琴音。一方で槍也は、妹がそんな考えを抱いているとはつゆほども思わずに、自分の悩みを打ち明け始めた。

「佐田の事は、今日の球技大会の決勝戦で初めて知ったんだ。なんていうか不思議な奴でさ、一目見た時から痺《しび》れたんだ」

「不思議な人ですか？　わー……えっと、どんな所がですか？」

「一言で言えば、視野が物凄く広いんだと思う。それに判断力もあるんじゃないかな……トラップやパス自体はそうでもないのに、その一点だけは今の日本代表の中盤よりも上かもしれない」

「わー、すごー……いんですね、その佐田君は」

「ああ、凄いんだ。だから、俺はあいつのパスを受けてみたくて、佐田の事を誘ったんだけど、上手くいかなくてさ……」

「わー……上手くいかなかったんですか……」

琴音は、ぎゅっと抱きつき作戦が上手くいかないことに悶えた。

——駄目です。上手くいきません。

——そもそも、兄さんの凄い所を褒めつつ抱きつかなければならないのに、佐田君の話題ばかりで抱きつきようがありません。

——それにしてもその佐田君、兄さんからこんなにも思われるなんて……。

——やっぱり、サッカーが大好きな兄さんは、サッカーの上手い人が好きなのでしょうか？　パスを受けてみたいなんて…………ん？　んんん？

琴音は、自分がとんでもない勘違いをしていることに今更ながら気付いた。慌てて問《と》い質《ただ》した。

「あの、兄さん！　もしかして、ひょっとして、これサッカーのお話なんでしょうか⁉」

その佐田君がサッカーが上手くて、一緒にサッカーをやりたいという、そういうお話なんでしょうか⁉」

「？　そうだけど？」

「っ！」

その返事を聞いた琴音は思わず、神に祈る様に腕を組んで、ほーっとため息をついた。全身が安堵感《あんどかん》に包まれて、まさに天にも昇る心地だ。

――良かった！　良かったです！　兄さんは男の人が好きな人ではありませんでした！

――そうですよ！　兄さんはサッカーひと筋なんですよ！

――あれ？　ということは私が兄さんに迫る必要もないわけで……。

――…………別に、がっかりなんてしていませんから。

喜んだり、拍子抜けしたりと、壮絶な独り相撲《ひとずもう》を行う琴音。

そんな妹に疑問を覚えた槍也は、素直に問いかけた。

「さっきから変だぞ、琴音？」

「え？　……いや、あの……」

「というか、サッカーじゃなければ何の相談だと思っていたんだ？」

そう尋ねてきた兄に琴音は詰まった。上手い言い訳が思い浮かばない。

「あの、笑わないで聞いてくれますか？」

「うん」

「兄さんが気になる人と言ったので、兄さんはその佐田君の事が好きなんだ。という相談かと思っていました」

　槍也は目を丸くした。

「え？　好きって、佐田は男だよ？」

「ええ。その……あの……ですから、てっきり兄さんは男の人が好きな人なのかと……」

　あまりにも恥ずかしくて、最後まで言えなかったが、それでも琴音がどんな誤解をしたかは槍也に伝わった。

　兄妹の間で沈黙が流れた。まるで時が止まったかの様だ。

　それからしばらくして——兄が震え出した。

「ふっ！　……くっ！」

　必死に体の震えを抑え込もうとしている。

　どうやら、先程、琴音が言った、笑わないで聞いてくれという願いを聞き入れて、笑わない様に努力しているみたいだが、それを隠しきれていない。よほど可笑《おか》しかったのだろう。

槍也の体の震えはますますと大きくなり、遂《つい》には、

「ごめん！」

そう断ると、琴音から顔を背けてソファーの肘掛け部分に顔を埋《うず》めると、あははと笑い出した。

槍也の笑い声は、しばらく止まらなかった。

震える兄の背中を見て、

――泡《あわ》になって消えたい。

と、思った琴音だった。

それから一分弱、ようやく落ち着いた兄が謝ってきた。

「ごめん、琴音。でも、どうしても我慢できなくて」

「いえ、私が見当はずれの勘違いをしたのが悪いんです。気にしないで下さい」

琴音がそう返しても、槍也は気まずそうな顔をしたままだった。

――これは、いけません。

そう思った琴音は、相談の続きを促した。

「それで、その佐田君とは、何が上手くいかなかったんですか？」

話題を変えようという意図が見え見えではあったが、兄も乗ってくれて、話を続けた。

「あ、ああ。球技大会のあと佐田に『俺とサッカーをやらないか？』って聞いたんだけ

ど『やるわけないだろ。馬鹿かお前は？』って言われた」

「へえ……」

琴音の中で、兄を馬鹿呼ばわりしたアキラの評価がガクッと下がった。

「それはまた、一体どうして？」

「佐田はサッカーに興味がないらしい。だからサッカー部にもいなかったし、他所《よそ》のクラブに所属している訳でもない」

「えっと、じゃあ佐田君は……初心者なんですか？」

意外だった。兄さんが注目するぐらいだから、当然サッカー経験者だと思っていた。

「うーん……もしかしたら昔はサッカーやってたのかも？　でも、なんにせよ今はサッカーをする気はないみたいだ。……それにもう一つ。受験が迫ってるのに、サッカーやる余裕なんてないってさ」

「ああ、なるほど」

二つ目の理由は、わかりやすい理由だった。

「まあ、そんな訳で佐田には断られたし、それは佐田の事情を鑑《かんが》みれば当たり前でしょうがないんだけど……」

「だけど……なんでしょう？」

「だけど、それでもあいつとサッカーをやってみたいんだ。それこそ一回だけでもいいから……さ」

「なるほど……難しい悩みですね……」

兄さんは佐田君とサッカーをやってみたいけど、佐田君は望んでいない。ましてや受験生となると、確かに迷惑だろう。

――佐田君が、兄さんに付き合う義理はないですね。でも……。

――でも、さっきの兄さんの横顔は相当なものでした。

琴音との会話が上の空になるぐらいに。

思わず、恋でもしたのかと勘違いするぐらいに。

兄さんは心の底から、佐田君とサッカーをする事を望んでいる。

そして琴音は常に兄の味方で、兄が困っているのを助けるために、これまで自分を磨いて来たのだ。

――よし、やりましょう！

――まずは、その佐田君の人となりを知ることからですね。

――四組でしたか……祥子《しょうこ》や優花《ゆうか》に話を聞きますか。

――それに家庭部の後輩に佐田という苗字の子がいましたね。佐田七海《ななみ》ちゃん……当たってみましょうか。

そんな風に考え込んでいたら、

「どうかした、琴音？」

と、今度は兄の方が尋ねてきたので、笑顔を浮かべて強く言った。

「兄さん！　私に任せて下さい！」

「えっ？」

「兄さんの願いは、私が叶《かな》えてみせます！」

琴音は、佐田という名前の男子に会いに行くことを決めた。

そう、全ては兄のために。

＊＊＊＊＊＊

球技大会の翌日。

学校から真っ直ぐ帰宅していた途中の繁華街で、アキラは後ろから声をかけられた。

「佐田君。待って下さい、佐田君」

聞き覚えのない、しかも女の子の声に呼び止められて振り返ると、えらく可愛《かわい》い女の子がアキラの元へと駆け寄ってきた。

――なんだ？

アキラは戸惑《とまど》った。知らない顔だ。制服からして同じ学校の生徒であることはわかるのだが、それ以上のことは何もわからない。

一体、何故《なぜ》アキラを追ってきたのかは不明だ。心当たりが全くない。

ここで、もしや告白か？　などと思えるほどにモテる人生もやってない。

アキラが訝《いぶか》しむ内に彼女はアキラに追いつき、馬鹿丁寧な自己紹介を始めた。

「帰宅中に申し訳ありません。本当なら学校で佐田君とお話をしたかったのですが、ホームルームが長引いてしまいました。——私、三年二組の滋賀琴音と言います。貴方《あなた》もご存知の滋賀槍也の妹です」

「ああ、あの……」

とりあえず、彼女の素性はわかった。滋賀兄妹の妹の方。兄貴と違って全国的な知名度はないが、美人の完璧超人として学校では有名だ。実際、こうして間近で見ると、容姿にせよキリッとした雰囲気にせよ、噂《うわさ》にたがわぬといった所だ。

さて、その完璧超人が一体、アキラに何の用なのか？　兄貴の名前を出した事といい、おそらくは先日の球技大会の事と無関係ではないだろうが、

——なんか、めんどくさそうな予感がするな……。

内心で警戒していると、

『アキラ！』

と、ヤマヒコがアキラを呼んだ。その声はわななくように震えている。

一体、どうした？　と、思いはしたが人前だ。返事をするわけにもいかないので、無視しようとしたら先程よりも強い口調で、名前を呼ばれた。

『アキラ！』

普段、お気楽なヤマヒコらしからぬ切羽詰《せっぱつ》まった様子に、アキラは仕方がなく返事をした。

『なんだよ、一体？』

実は、このテレパシーの様な意思疎通の手段、アキラの方からも出来る。春頃、ヤマヒコを追い出すために色々とやっていたら、偶然、出来るようになったのだ。

ただ、脳みその普段使わない場所を使う様な感覚があり、物凄く疲れるので普段は使わないようにしている。

こんな意思疎通方法を日常使いにするくらいなら、ブツブツと独り言が多い変な奴と見られた方がまだマシだ。

そんな面倒なテレパシーを使ったというのに、この馬鹿は真剣な声音で、馬鹿な事を言った。

『この娘《こ》の声、めっちゃ綺麗《きれい》なんだけど！　凄《すげ》え！　生まれて初めて聞いた⁉　何⁉　なんなの、この娘⁉　今、俺、もーれつに感動してる！』

「馬鹿かよ、テメーは⁉」

怒りの針が振り切れたアキラが、つい使い慣れた口頭でヤマヒコを罵倒《ばとう》すると、琴音は自分に向けられた言葉だと誤解した。

「きゃっ！　……えっ？　私、何かしました？」

少しおびえた表情を浮かべられ、しくじったと後悔したが後の祭りだ。

「悪い。只の独り言だ。あんたに言ったわけじゃない」

「え？　でも、今のはどう見ても、私に……」

「そう見えるかもしれないが本当に独り言なんだ。頼むから気にしないでくれ」

疑わしげに眉をひそめる琴音だったが、独り言で押し通した。

そんでヤマヒコに向けて、

『次、余計な茶々を入れたらガラスの刑な？』

と、釘を刺してからアキラは琴音に向き直った。

「それで？　俺に一体、何の用なんだ？」

その質問に琴音は神妙な顔で答えた。

「単刀直入に言います。佐田君。兄さんは貴方と一緒にサッカーをする事を望んでいます。一度だけでもかまわないんです。ですから、今度の日曜日に兄さんと一緒にサッカーをしてくれませんか？」

「……はぁ」

やっぱりそれかと、アキラはため息をついた。

昨日。兄貴の方からサッカーをやろうと誘われた上に、名前やら何やら色々と聞かれてウザかったので『進路の決まったエリート様が、日々、勉強に苦しむ受験生の邪魔をするな』という主旨《しゅし》の言葉を出来るだけ嫌味ったらしく伝えたのだが、まだ諦めていなかったらしい。

嘆息《たんそく》して、次いで他人事《ひとごと》の様に言った。

「なんで日本代表が、そこいらのど素人《しろうと》にこだわんのかね？　お互い時間の無駄だから、大人しく代表仲間とでもサッカーした方がいいって、妹の口から言ってやってくれ」

「そんなことはありません。兄さんは、佐田君の事を日本代表より優れている所があると言っていました」

「かいかぶりだよ。それに俺はサッカー自体があんまり好きじゃない。そんな俺にサッカーをやれと強制するのは、いくらなんでもちょっと強引じゃないか？」

「でも、佐田君は小学校の頃サッカークラブに入っていましたよね？　昔はサッカーが好きだったんでしょう？　いえ、今だって好きなのではありませんか？」

「ん？」

何故こいつは昔、自分がサッカークラブに入っていた事を知っているのだろう？

——兄貴に話したっけ？

アキラが首を捻っている間にも琴音の説得は続いた。

「もちろん、佐田君が受験で大変な事はわかっています。私も受験生ですから。ましてや志望校が天秤《てんびん》高校となれば、毎日の勉強に手が抜けないのも理解できます。ですから、兄さんに付き合ってもらう分、私が佐田君の受験勉強をお手伝い……」

「ちょっと待て！　なんで、俺の志望校をあんたが知ってるんだよ⁉」

言ってない。それは、絶対に滋賀兄に言ってない。

慌てるアキラだったが、対象的に琴音は澄ました顔で答えた。

「七海ちゃんから佐田君の事を聞きました。それにスマホの家族写真を見せてもらったりもしました」

「あ？　七海から？　何？　妹と知り合いなの？」

「ええ。私、七海ちゃんと同じ家庭部でしたから」

「へー、あいつ家庭部だったんだ……」

アキラは何気ない気持ちでそう言ったが、その言葉を聞いた琴音の表情がピシッと固まった。

「……ちょっと待ってください。佐田君。貴方はまさか、自分の妹が何の部活に入っているのか知らないんですか？」

琴音の口調が、さっきまでと比べて明らかに冷たい。表情もそうだ。目がキッとしている。どうやら、不味《まず》いことを口走ったらしい。それはアキラにもわかるのだが、知らなかったものは知らない。

「いや、知らなかったけど……」

と、正直に答えたら、ますます冷たくなった。ちょっと肌寒いくらいだ。

琴音は信じられないとばかりに首を振ってから、怒る様にアキラを見据《みす》えた。

「佐田君。貴方は自分の妹をもっと大切にするべきです。たった一人の兄妹じゃないですか？　何故、そんなにも七海ちゃんを蔑《ないがし》ろにするのですか⁉」

「おい⁉　待て！　待て！　待て！」

流石《さすが》に黙っていられなくてアキラは口を挟んだ。

「俺は七海を蔑ろになんかしてねえ！」

「だったら何故、七海ちゃんが何の部活動をしているのか知らないんですか⁉」

「あいつが俺に部活のことなんて話さねえからだよ！」

「佐田君は七海ちゃんから信頼されていないんですね」

「なんでそうなる⁉　普通だろ？　あの年頃の女が、自分の交友関係とか兄貴に喋《しゃべ》るか？　んなわけねーだろ⁉」

「それは貴方の勝手な思い込みなのでは？　七海ちゃんだって悩みもあれば、兄さんに聞いて貰いたい話もあると思いますよ。兄である佐田君が一歩踏み込んであげるべきです」

「あいつが？　俺に相談？」

あまりにもイメージ出来ない。仮に悩んでいたとして母さんに相談するだろう。

というか、そもそもの話、

「俺らは別に仲悪くねーよ。普通の兄妹だぜ、普通」

紛れもない本音だったが琴音は納得しなかった。

「そうでしょうか？　私からすれば、ずいぶんと寒々しく感じますけど？」

そんな風に問い詰められても、アキラの感覚では本当に普通なのだ。

「……じゃあ、あんたが思う普通の兄って何だよ？」

アキラの疑問に琴音は、兄、槍也を思い浮かべながら真顔で答えた。

「そうですね……優しく包容力があって、ちゃんと妹の話を聞いてくれて、楽しい事があれば一緒に笑ってくれて、悲しい事があれば慰《なぐさ》めてくれて、頑張った時には『偉いな』って頭を撫《な》でてくれるのが、良き兄ではないでしょうか？」

「ねーよ！　馬鹿じゃねーの、お前⁉」

アキラはつい、初対面であることも忘れて本気で突っ込んでしまった。

「なっ⁉　何が馬鹿なんですか⁉」

「何もかもだよ！　見ろ！　あんまりにも気持ち悪くて、鳥肌立ったわ！　何？　七海がテストでいい点取るたびに、俺があいつの頭を撫で撫ですんの⁉　んな気持ち悪い兄貴がこの世にいるか⁉」

「いますよ！　私の兄さんの一体どこが気持ち悪いんですか⁉　私の頑張りを認めてくれる最高の兄さんですよ！　妹の部活動も知らない様な佐田君に、兄さんを非難されたくはありません！」

「いや、別におたくの兄貴を非難しているわけじゃ……っていうか実話なのかよ？　え？　滋賀槍也のことだよな？　あいつ、そんな気持ち悪いの？」

「まだ、言いますか⁉」

　もはや、当初の目的をすっぽかして言い争う二人だったが、見かねたヤマヒコがアキラに言った。

『アキラ、アキラ。実のところ、はたから聞いてる分には結構、面白いんだけどさ……でも、本題から話題が滅茶苦茶ずれてるよ』

　言われてハッとした。いったい何故、人通りもある道端で、初対面の同級生と、兄妹とは？　などというわけのわからない話題を議論しているのか？

　唐突に馬鹿馬鹿しくなり、疲れた様に言った。

「なあ、この話もう止《や》めようぜ。答えがねえだろ？　それに、おたくもこんな話をしに、わざわざ俺を追いかけて来たわけじゃないんだろ？」

アキラの指摘に琴音もハッとした。確かに、こんな話をしに来たのではなかった。

「確かにそうですね。この話は終わりにしましょう……でも、その前に」

「何？」

「兄さんを気持ち悪いと言ったこと、取り消してください」

「うわあ……」

アキラは思わず、そんな声を上げた。

さっきから薄々と感じていたが、この女、物凄いブラコンだ。

——そもそも普通、兄とサッカーして下さいなんて頼みに来ねえだろ？

正直、全然理解できない。

アキラにしてみれば、ブラコンとかシスコンといった類《たぐ》いのものは空想の産物だ。兄妹のいない一人っ子が、兄妹に夢と希望を持ってしまうのは、まあ、理解できなくもない。

ただ、現実に妹を持つ身としては、時折、漫画に出てくるお兄ちゃん大好きな妹キャラには『こんな妹なんていねーよ！』という違和感しか抱かない。多分……いや間違いなく七海の方も、似た様に思っているはずだ。

おかしな言い方だが、実際に兄妹がいる人間はブラコンやシスコンにはならない。——そう思っていたのだが、どうやらアキラの見識《けんしき》が狭《せま》かったようだ。

「悪かったよ。おたくの兄貴は優しくてかっこいいな」

我ながら、これほど心情の込められてないセリフは、ちょっと記憶になかった。

琴音の方も、それは敏感に察していて不満ではあったが、何といっても、こちらがお願いする立場だ。グッと我慢して本題に入った。

「それでは話を戻しますが、今度の日曜日を兄さんに付き合って頂けましたら、その分、私が佐田君の受験勉強をお手伝いさせて頂きます」

「お手伝い？」

「ええ。私、勉強は得意ですし苦手教科もありません。もし佐田君が苦手な教科があれば教えてあげられます。それに友達からは、琴音のノートは見やすいと言われていまして……よかったら、お貸しします」

そう言って、鞄《かばん》からノートを取り出すと、

「どうぞ」

と、アキラに手渡した。

つい受け取ってしまったアキラは、興味本位でノートをパラパラとめくってみた。

「うわ……凄え」

思わず、そんな声が漏れた。

英語のノートだったのだが、文字が滅茶苦茶《めちゃくちゃ》綺麗だ。

また、見やすい様にレイアウトもスッキリとしている。

さらっと見ただけだが、こいつの頭の良さが滲《にじ》み出《で》ている。

「因《ちな》みに、おたくは何処《どこ》の高校を受験すんの？」

「水瓶《みずがめ》です」

ここら辺で一番の進学校だった。さすが噂通りの秀才だ。

因みに、さっきこいつは『ましてや、志望校が天秤高校～』などと、持ち上げていたが、アキラの受験予定の天秤高校の学力は中の上と言ったところ。

つまり、学力においては明らかに向こうが上であり、ノートを借りるだけでも悪くない取引だとは思う。

だが、アキラは琴音の申し出を断った。

「でも、まあ、遠慮しとくわ」

「っ！　……駄目ですか？」

「俺、勉強は一人でこつこつとやるタイプでね。おたくに教えて貰うのは、むしろペースが崩れそうだ。それにやっぱり、わざわざ休みの日にサッカーをしたいとは思えない」

率直に言って気が乗らない。そしてアキラはやりたくない事はやらない。美人にお願いされようとやらない。

『まあ、アキラにゃ知り合ったばかりの人と日曜日に遊ぶなんてハードル高いもんね』

『そんなんじゃねえ……あと、お前、あとでガラスの刑な』

『うええっ⁉』

ヤマヒコの情けない呻《うめ》き声《ごえ》を聞き流しながら、琴音に告げた。

「どのみち、一回ぐらいサッカーやった所で何も変わったりはしねえよ。ほら、継続は力なりって言うだろ？　逆を言えば続ける気がないなら力にはなんねーよ。……つーわけだから、それじゃな」

アキラは軽く手を振って、琴音に背を向けて歩き出した。歩き出したのだが、

「待って下さい！」

琴音が腕を摑んで、アキラの歩みを止めた。

その強引さに少しイラッとした。

——兄貴といい、妹といい、この兄妹は……。

「あのさぁ……」

嫌味の一つでも言ってやろうと振り向いたのだが、アキラは振り向いた姿勢のまま硬直した。

腕を摑んでいる琴音の顔が間近にあったからだ。

サラサラの長い黒髪がアキラの腕にかかっている。

至近距離から、身長差から必然的になる上目遣いで見つめてくる琴音に思わず、どぎまぎしてしまった。

そんな風に戸惑うアキラに気付かずに、琴音は懇願した。

「お願いします！　兄さんにチャンスを下さい！　勉強が駄目なら他のお手伝いをします！　私、どんなことでもやりますから！」

どんなことでもやりますから！　という琴音の言葉にアキラはつい、ちらっと琴音の唇や胸元に視線を向けてしまった。

――って、何考えてんだ俺は！　馬鹿かよ⁉

ムカつく。一瞬でも邪《よこしま》な事を考えた自分自身にムカつく。

『ねえねえ、アキラ。琴音ちゃんがああ言ってる事だし、歌を歌ってもらうのはどうかな？　この綺麗な声がどんな歌を歌うのか聞いてみたいし！』

などという、糞《くそ》みたいなヤマヒコの要求よりも更に糞で、本当にムカつく。

「んな必要ないから、手を離してくれ」

ぶっきらぼうに言って琴音から腕を引き離そうとしたが、琴音はカバンを肩にかけて、空いた両手でアキラの腕をしっかりと摑んで離さない。

「おい！」

「例えば、お菓子はどうですか？　私、元家庭部なのでお菓子作りは得意です。佐田君の好きなお菓子を用意しますよ」

「いらないから手を離せ」

「でしたら音楽はどうでしょう？　お好きなんですよね？　クララドや浅香《あさか》ハルのアルバムなら持ってますのでお貸しします」

「いらねえから、もう帰れ！」

言いながらもラチがあかないと悟ったアキラは、琴音と同じく鞄を肩にかけて、右手を空けて琴音の手首を摑んだ。

そのまま引き剝がそうとするが、琴音は頑《かたく》なにアキラの腕を摑んで離さない。

「くっ、この！　いい加減、離せ！」

「いいお返事を頂くまでは帰れません！　いえ、たとえ今日、帰ったとしても、明日また、お伺いします」

「ざけんな、ボケ！　俺はサッカーやらねえって、最初から何度も言ってんだろーが⁉」

あんまりにもしつこいので口調が荒くなったが、流石に女の子相手に力任せに振り払うわけにもいかない。

アキラの腕をしっかりと摑んでいる手を外そうと、琴音の指を摑もうとしたが、琴音は華奢《きゃしゃ》で儚《はかな》げな容姿とは裏腹に運動神経が抜群だ。ひょいとかわされて、逆にしっかりと手を握られた。

そのままの体勢で、琴音は説得を続けた。

「佐田君。私の兄さんは周囲に凄く良い影響を与える人なんです。そんな兄さんとサッカーをするのは、絶対に佐田君のプラスになります。きっと、佐田君が知らない佐田君の魅力を発見できると思いますよ」

「知るか⁉ 何で今の時期に、そんな自分探しみたいなこと、やらなきゃなんねーんだよ⁉ 今は受験勉強に専念する時期だろ⁉ ——あー、そうだ、そうだ！ 帰って受験勉強しなきゃならねーんだ！ このままじゃ天秤高校に落ちるかもしれねー。だから、俺の受験勉強を邪魔しないでくれ」

「ですから、邪魔した分は私がお手伝いしますよ……というか、別に佐田君はそこまで勉強頑張ってるわけでもないですよね？ 七海ちゃんから聞きましたよ。佐田君は頑張れば、もっと上を狙えるのに、楽をするために天秤を選んだって……」

「七海、余計なことを……」

兄貴の方を退《しりぞ》けた言い訳は、妹の方には通用しなかった。

実際、受験勉強といっても一日二時間もやってない。サッカーする余裕があるかなしかで言うならあるのだ。やらないけど。

「七海ちゃんは、佐田君はやる気がないと言っていました。今、お話をしても、かいかぶりだとか、やりたくないとか、何も変わらないとか、後ろ向きなことばっかり言ってます。でも、やってみたら何か変わるかもしれませんよ？　私の兄さんには、周りを変えてしまうような力があるんです。きっと、佐田君も変わります。妹である私が保証します」

「んなこと、頼んでねえよ！」

手を摑み摑まりながら言い合う二人。

そんな二人は、人目のある繁華街では結構な注目の的だった。

小学生の男の子が、二人を眺めているギャラリーを代表する様に声を上げた。

「うわー！　修羅場だ、修羅場！」

野次馬根性丸出しのその声に、二人は我に返った。

辺りを見回し、注目を集めている事を悟り、自分たちがどんな風に思われているかも悟り、慌てて手を離した。

アキラはバツが悪そうな顔で、ガリガリと頭をかいた。

周りから聞こえてくるヒソヒソ話が癇《かん》に障《さわ》る。

――ああ、くそ！

アキラは、この場を去るべく歩き出した。

すると、琴音もアキラの後をついてくる。

「待って下さい！」

どうやら、未《いま》だに諦める気はなさそうだ。しつこい。

「はあっ……わかった。逃げやしねえし、話も聞いてやるから、せめて場所変えようぜ？」

「……わかりました」

二人は連れ立って、繁華街を後にした。


繁華街を抜けて三分ぐらいの場所にある公園に、二人は寄り道した。

ここまでくれば人の気配はぐっと減る。

「あそこにしよう」

「そうですね」

二人は、備《そな》え付《つ》けの木製の机に座って向かい合った。

しかし、

「…………」

「…………」

会話が始まらない。お互いの意見が平行線で交《まじ》わらないことを、お互いが悟っているのだ。

きっかけが見つからない。

——どうすっかな、全く……。

——こいつは俺より頭が回る上に、熱意がある。……厄介すぎる。

アキラは頭の中で唸《うな》った。このまま、ずるずると話し合うのは避けたい。面倒だし、もしかするとこいつは本当に、明日、明後日《あさって》とやって来かねない。まかり間違えて両親に知られたりしたら事だ。

七海はともかく、ウチの親なら、

「あらー、滋賀君に見込まれるなんて凄いじゃない。もしかしたら、将来はJリーガーなのかしら⁉」

ぐらいは言う。絶対に言う。冗談じゃない。

——なんか上手い手がないかね。この面倒な話し合いを終わらせる方法…………ないな、クソ！

『おい、上手い事、断る方法はないか？』

藁《わら》にも縋る気でヤマヒコに尋ねたが、ヤマヒコの反応は鈍かった。

『え？　もしかして、俺に聞いてる？』

『お前の他に誰がいるんだよ⁉』

『そうだけど……アキラが俺に相談とか、よっぽどだと思ってさ……でも、アキラにゃ悪いけど、ぶっちゃけ俺、琴音ちゃん派だよ？』

『は？　なんでだよ⁉』

『いや、だって、俺サッカー好きだし、日本代表とサッカーするの面白そうだし、なによりも琴音ちゃんのあんな綺麗な声でお願いされたら、そりゃ、ねえ？』

『マジ、くたばれよテメエ！』

ヤマヒコなんかに頼った自分が馬鹿だった。

かくなる上は、自分でなんとかするしかない。もう、他の誰にも頼らない。

アキラは財布を取り出して、中から百円玉を三枚取り出し、テーブルに置いた。

「なんです、これ？」

「コイントス。話し合いじゃ決まんねーし、こいつで決めよう」

簡潔に言って、更に説明を続けた。

「ルールは簡単。あんたがコインを投げて三枚とも表が出たら、週末、兄貴につきあってやる。逆にそれ以外だったら、この話はなしだ。大人しく帰ってくれ」

「…………せめて、一枚のコインでやりませんか？」

琴音はそう訴えたが、アキラも譲らなかった。

「これ以上の譲歩はない。もともと乗り気じゃねーんだよ。おたくがあんまりにもしつこいから、その執念に免じて8分の1のチャンスをやるつってんだ」

まるで琴音に根負けしたかの様なセリフだが、琴音は騙《だま》されなかった。

「8分の1のチャンスを餌にして、分の悪い賭けに引き込んで追い返してやる。という意図が透けて見えるのですが……」

あっさりと狙いを看破《かんぱ》されたアキラは、二の句が継《つ》げずに黙ってしまった。

——こいつ、中身は全然かわいくねえ！

そんな事を考えていると、

「でも、このままだといつまで経《た》っても平行線でしょうし……佐田君の意図はどうあれ、確かにチャンスですね」

琴音はそう言って、百円玉を手に取った。そして、

「では、行きますね？」

と、あまりにもあっさりとコインを投げようとしたので、逆にアキラが慌てた。

「ちょ、ちょっと待て！　わかってんのか？　外れたら大人しく帰るんだぞ？　明日になって『昨日は帰ったので、今日、改めてお願いしに来ました』とかなしだからな⁉」

「当たり前でしょう？　そんなごまかしなんてしませんよ。私をなんだと思っているんですか？　……いえ、こうやって無理にお願いしているので、そう思われても仕方がありませんが、でも私は常日頃から、正直かつ誠実でありたいと思い努力していますよ」

アキラの顔を真正面から見据《みす》えて話す琴音に嘘は感じられない。

だからこそ、おかしい。

——なんだ？　何か間違えたか、俺？

アキラの狙いは琴音の言った通りだ。このめんどくさいやり取りを終わらせるために、琴音が何を言ってきても聞く耳を持たず、8分の1というリスクを背負ってでも、コイントスに持ち込むつもりだった。

だったのだが、こうもあっさりと乗ってくるとは思わなかった。なんせ8分の1なのだ。

「そんなにコイントスに自信があるのか？」

「コイントスに……というより、サイコロやくじ引き全般ですね。私、その手の引きが割と強いんです」

「マジかよ」

「本当です。それに、今日の星座占いで獅子座は——兄さんは獅子座なんですけど、特別な人に出会うかもしれないとありました。もし兄さんと佐田君が出会う運命なら、きっと運命の神様が後押ししてくれると思います」

「ええっ？　……星座占いって、あんな何処の誰が作ってるかもわかんねーもんを信じてんの？」

「ええ。女の子ですから」

「……百歩譲って、その占いが正しいとしても、あいつと知り合ったのは昨日だから、特別な相手は俺じゃねーな」

その指摘に、琴音はため息をつきながら呆《あき》れた目でアキラを見つめた。その目は、何で占いは信じないのに、そんな細かいところで揚げ足を取るのか？　そう問いかけている。

「佐田君は、本当に否定的ですよね？　あんまり良くないと思いますよ。そんなだと佐田君の手元に訪れた幸運すらも払いのけてしまいそうで心配です」

「ほっとけ。余計なお世話だ」

乱雑な口調で言って、アキラは口を閉じた。

運が良かろうが、占いがどうだろうが、8分の1は8分の1だ。確率は変わらない。分の悪い賭けに琴音が乗ると言っているのだから願ったり叶ったりだ。

「それでは――行きますね」

その言葉と共に琴音はコインを軽く投げた。

ピン――という澄んだ音が続けて三回、二人の間に響き渡った。

軽く舞い上がったコインは木製のテーブルに落ちると、硬質な音を立てて跳ね回ったが、テーブルから転がり落ちたりはしなかった。

力尽きて、動き回るのを止めた三枚のコインがアキラたちに見せた顔は、表と表、そして表だった。

　琴音は満足そうに、やっぱり、と呟《つぶや》いた。

　そして、苦虫を嚙《か》み潰《つぶ》したような表情のアキラに、にこやかに話しかけてきた。

「ね？　占いも満更馬鹿にしたものではないでしょう？」

「…………」

「今から、やっぱりなし……は、駄目ですよ？」

「…………」

「よかったら、受験勉強のお手伝いもしま……」

「わーったよ！　やるよ！　おたくの兄貴に付き合うよ！」

　アキラは琴音の話を遮って、投げやりに伝えた。

　その態度からは誰が見ても不満がありありで、当然、琴音にもそれは伝わっていたが、
　それでも生真面目に頭を下げた。

「ありがとうございます」

　アキラとしては面白くない。そんな態度を見せられると、まるでアキラが聞き分けのない子供みたいではないか。

　これ以上、俺は気に入らない、という態度を取ることが出来ず、さりとて、今度の休みは滋賀とサッカーか、楽しみだなあ、などと考えることも出来ずに悶々《もんもん》としていると、

琴音が言った。

「二人が一緒にサッカーをするのは、兄さんだけでなく佐田君にとっても良いことですよ。きっと、何か大切なものを得られるでしょう」

「……それも、占いか？」

アキラは疑いの眼差《まなざ》しで問いかけたが、琴音はすまし顔でさらっと答えた。

「いえ、女の子の直感です」

その後、連絡を取り合うために、スマホのアドレスを交換することになった。

アキラの人生で、初めて家族以外の女性（しかも凄え美人）のアドレスをスマホに入れたわけだが、絶対に逃がしませんよ、と言われている気がして喜べなかった。

第三話

日曜日の早朝、アキラは目覚ましの音ではなく、スマホのメール着信音で目が覚めた。朝は寒いと感じ始めた今日この頃、布団《ふとん》から出る気になれず、腕だけを伸ばしてスマホを掴《つか》み取《と》り、手元に引き寄せた。

《おはようございます。念のためにモーニングコールをさせて貰《もら》いました。今日は雲一つない秋晴れで、絶好のサッカー日和《びより》ですね。きっと楽しい一日になると思いますので、予定通り、駅前の公園に九時集合でお願いします》

「…………」

丁寧《ていねい》な文面だが、これでもかというほどに念を押されている……と、感じるのはアキラの気のせいだろうか？

それに、

「晴れてんのか……クソッタレめ……」

雨天中止という最後の望みも絶《た》たれ、そうぼやかざるを得なかった。

コイントスの賭《か》けに負けた後、少しだけ足掻《あが》いてみた。

具体的には、

《もし雨が降ったり、風邪《かぜ》で体調が悪くなったら中止だよな？》

というメールを送った。

別に、何の変哲《へんてつ》もない只《ただ》の確認メールだ。

雨が降ることも、風邪を引くことも充分にあり得る話だ。

だというのに、

《雨はともかく、仮病は七海《ななみ》ちゃんがいるので不可能ですよ》

というメールが返ってきた。

まったく……アキラは一言も仮病をするなんて言っていないというのに邪推《じゃすい》にもほどがある。

しかも、人の妹をスパイとして使ってやがる。

まるで監視されているかのように思えて、学校から帰ってきた七海に文句を言ったら小馬鹿にされた。

「はあ？　なんで私がアキラをじろじろと監視すんのよ？　阿呆《あほ》な事言ってんな」

「なら、滋賀《しが》の妹に、俺のことを話すなよ」

「しょうがないじゃん。あの琴音《ことね》先輩に尋ねられたら、答えるしかないから。むしろ、アキラの事なんかを琴音先輩のお耳に入れるなんて恐れ多いくらいだし」

一体、何が恐れ多いのかは知らないが、七海の中でアキラより琴音が偉いという図式が成り立っている事だけは分かった。

あまつさえ、

「琴音先輩のお兄さんが、何を勘違いしてるかわかんないけど、さっさと行ってきて幻滅されてきなよ」

と、小憎《こにく》たらしい捨《す》て台詞《ぜりふ》を吐いて、二階の自分の部屋へと階段を上がって行った。

昔は、お兄ちゃん、お兄ちゃんと、事あるごとに後を付いてきたのに、随分《ずいぶん》と生意気に育ったものだ。

競争心が強く口が悪いところは、両親のどちらにも似ていない。

「まったく、誰に似たんだか……」

『アキラじゃないの?』

アキラの中に居候《いそうろう》しているくせに、美人に（正確には、その声に）ころっと寝返りやがった裏切り者がそんな事を言ってきたので、ガラスの刑を執行《しっこう》していない事を思い出した。

早速、部屋に戻って刑を執行してやった。
『あああああ！　ヘルプ！　ヘルプミー！』
ヤマヒコの悲鳴を聞き流しながら、何かいい方法がないかと考えたが、ガラスの音とヤマヒコの悲鳴を聞き流しきれず集中できない。
「ヤマヒコ、うるさい」
『理不尽！　超理不尽！』
結局ガラスの刑が終わってからも、ろくな案が出なかった。
それでも、何とか絞《しぼ》り出《だ》してはみたのだが、
《俺、スパイクもレガースも持ってねーけど、これじゃマトモにサッカー出来ないんじゃないか？》
うん。送る前から失敗する事が目に見えていた。
《そうですか。なら、サッカー中止しましょう》
なんて返事が返ってくるわけがない。
それでも一応送ってみたのだが、案の定、
《足のサイズを教えて下さい。身長は兄さんと同じぐらいなのでサイズが合えばお貸しします。兄さんは、丁度、買い換えを検討していたので、佐田《さだ》君には新品をお貸しできます》

と、懇切丁寧に対応された。

あまつさえ、

《他に何か気になる事があるのなら、早い内にご相談下さい》

などという、蟻《あり》の一穴《いっけつ》すらも許さないような追伸が送られてきた事で、アキラは無駄を悟り、悪あがきのメールを止《や》めて、持っていたスマホをベッドの上に放り投げた。

次いで、アキラ自身も投げやりにベッドへ倒れ込んだ。

「あー、くそ……」

かくなる上は、天に祈るしかなかった。流石《さすが》のあいつも、天候だけはどうしようもない。

雨よ降れ、槍よ降れ、と念じて、更にここ数日は、朝のニュースの星座占いのラッキーアイテムを用意したりもしたのだが、結果としては無駄だった。

きっと星座占いを作っている奴は、美人のお願いにはニコニコと頷《うなず》くくせに、野郎のお願いは一顧《いっこ》だにしないような脂ぎったエロ親父であるに違いない。間違いない。

『グッモーニン！　今日はあの天使の声の琴音ちゃんにまた会えるんだよね？　テンションＬ上がるー！』

朝っぱらから能天気なヤマヒコの声が癇《かん》に障《さわ》った。

＊＊＊＊＊＊

午前九時、五分前。

朝飯をすませたアキラが自転車で公園に行くと、すでに二人が公園のベンチで座って待っていた。

兄貴の方はアキラと同じシンプルなジャージ姿だが、アキラと違って似合っている。こう、身に纏《まと》う空気がスポーツマンなのだ。容姿の端麗《たんれい》さもあり、絵になる男だ。

妹の方は、厚手の白いシャツに茶色のロングパンツという出《い》で立《た》ちで、派手さはないが、それが逆にスタイルの良さと清楚《せいそ》な感じを強調している。兄同様に絵になる女だ。

——つーか、似てないな……。

滋賀兄妹《きょうだい》が揃っている所は初めて見るが、二人とも美男美女ではあるが顔立ちも雰囲気も大分違う。一見して兄妹に見えない。

そんな二人が仲良く話をしている様は、双子の兄妹だと知らなければ、恋人同士がいちゃついている様にしか見えない。

——俺はお邪魔虫みたいだから、退散していいかな？

割と本気で、そんな事を考えていると兄貴の方がアキラに気付いた。

「佐田！」

ベンチから立ち上がった槍也《そうや》が、アキラに駆け寄って来た。

「今日は来てくれて、ありがとう！　佐田とサッカーやるの凄《すげ》え楽しみにしてたんだ！」

「…………」

槍也は爽《さわ》やかな笑顔でそう言った。その邪気のなさは、アキラの、

「来たくて来たんじゃねーよ」

という憎まれ口を塞《ふさ》いでしまうほどの威力だ。一拍遅れてやって来た琴音の、

「おはようございます」

という挨拶《あいさつ》にも、

「ああ、おはよう……」

と、極々《ごくごく》普通に答えていた。

なんとなしに肩透《かたす》かしを食らった気がしたが、そもそもが、喧嘩《けんか》をしに来たわけでもない。

自転車から降りて、二人に尋ねた。

「それで？　これからどうするんだ？」

実はアキラが知っていたのは待ち合わせ場所だけで、それ以降の予定は一切知らない。

それに、でかいスポーツバッグと小さなバッグを持って来ている二人と違って完全な手ぶらだ。

一応、琴音からは、初めて出会った日の翌日には、

《日程が決まりましたので詳細をお知らせします》

というメールを受け取っていたのだが、その頃のアキラは、雨よ降れと全力で願っていたし、雨天中止なら詳細を聞く必要はないと思っていたので、

《いいよ。持ち合わせの時間と場所だけ教えてくれ》

と、返しておいた。

しかし、残念なことに晴れたので、どこかに行かねばならず、アキラの質問には琴音が答えた。

「とりあえず、自転車は駐輪場に止めて駅に入りましょう。——はい、これは佐田君の分の切符です」

琴音はバッグの中から取り出した切符を差し出した。

その切符を受け取ったアキラは、その切符が新幹線の切符である事に驚き、目的地が静岡であることに二度驚いた。

思わず二人を見返して、問いかけた。

「え？　県外？」

アキラの質問に二人が頷いた。

＊＊＊＊＊＊

「なんで、わざわざ静岡まで行くのかって？　――いや、実は最初はサッカー部のみんなにお願いしようかって考えていたんだけど……でも俺の同期って、俺を含めて十人ちょっとしかいなくて試合するには足りないし、後輩はもう冬の大会に向けて頑張っているところだから頼めないし、だから小学生時代のリトルチームの元チームメイトのみんなに頼んだんだ。そこ、結構な大所帯だったから」

「それで、なんで静岡？」

「私たち、中学校に入る時にお父さんの仕事の都合で神奈川に引っ越して来たんですけど、生まれは静岡なんです」

「じゃあ……もう三年程、会ってないのか？　……よく協力してくれたな？」

「ん？　そりゃ、あいつら、凄えいい奴らだからさ！」

道中、そんな会話を交わしながら三人は静岡のとある駅へとたどり着いた。改札を抜けた駅前の景観を見て、槍也が感嘆の声を上げた。

「おー、なつかしー！」

「本当に……変わっていませんね」

そのまま歩き出した三人だったが、槍也と琴音は、そわそわと周囲へ視線を彷徨《さまよ》わせた。

一見して雰囲気は変わっていない。二人がこの町を離れた時のままだ。でも、よく見ると、所々に変化がなくもなかった。

「あそこにスポーツジムなんてなかったよな？」

「ええ。前は、小さな喫茶店でしたっけ……大きくなったら一度入ってみたいと思っていたんですけど……ちょっと残念です」

そんな風に郷愁《きょうしゅう》に浸《ひた》りながら歩く二人の少し後ろを、アキラは歩いていた。時折、二人から投げかけられる話題には適当に答えている。

『いやー、やっぱり他県ともなると印象がずいぶんと変わるよね！　ここの人たちは、神奈川の人たちより少しゆっくりとしたテンポだわ』

「テンポね……俺にはわかんねーな」

ぶっきらぼうな言い草だが、別に機嫌は悪くない。

むしろ、初めて訪れた静岡の地が物珍しくて観光客の様に眺めている。

最初はリトルチームの同窓会に一人だけ部外者……という状況に嫌気がさしていたが、よくよく考えてみれば地元だった所で、知らない人間に囲まれるのは同じだろう。なら、遠く離れたこの場所の方が気が楽だ。

——まあ、どんだけ無様晒《ぶざまさら》しても静岡だからな。

——なんか問題が起こっても、後は野となれ山となれ……だ。

ある意味、投げやりとも言える心境で、目の前の景色を楽しんでいた。

そんな時だ、小さな公園の前で槍也が立ち止まった。

「佐田。悪いけど、ちょっと寄り道いいか？」

「別にいいけど？」

そうアキラが答えると、槍也は公園へと入って行った。軽く駆け出すようなステップからは、だいぶ浮かれている心境がありありと伝わってきた。

「どうしたの、あいつ？」

「ここは、私たちがよく遊んだ公園なんです」

残された二人は、そんな会話をしながら槍也の後を追った。

狭い土のグラウンドに、シーソー、ブランコ、滑り台、それに水飲み場。小さな公園だ。

槍也はその中の象《ぞう》の形をした滑り台を、懐《なつ》かしそうにぽんぽんと触れていた。

「俺さ、サッカーを始めたの、この公園がきっかけだったんだよ」

「へえ……ここが？」

U－15の日本代表、日本サッカーの救世主と呼ばれる滋賀槍也がサッカーを始めたきっかけ。興味が全くないと言えば嘘になる。

好奇心から続きを促すと、槍也ははにかみながら語った。

「ああ。子供の頃、よく、みんなとここで遊んだんだけど、サッカーボールを持ってくる奴がいて、二手に分かれてサッカーしたんだ。で、この象の前脚と後ろ脚の間のトンネルがゴールがわりだったんだよ」

懐かしそうに語る槍也は、当時のことを思い返しているのかもしれない。

「それがまあ、凄え楽しかったから、サッカークラブに入団して本格的にサッカーを始めたんだ。それからもクラブの練習がない時はここで琴音とボールを蹴ってたな」

「ええ。今でもはっきりと思い出せます」

「ふーん……」

興味深い反面、意外と普通なきっかけだなと、アキラは思った。似たような理由でサッカーを始める輩《やから》はごまんといるだろう。

――この狭い公園がなければ滋賀はサッカーを始めなかったかもな。

――もしかして、看板でも置いて宣伝すれば観光客が来るんじゃねえの？

――あと意外といえば、このおしとやかなイメージのこいつが、元サッカー少女だった事も意外だな……。

特にとりとめもない事をつらつらと考えていると、

「佐田はどうなんだ？」

そう槍也から問いかけられた。でも質問の意味がわからない。

「どうって、何が？」

「いや、琴音から聞いたんだけどさ、昔はサッカークラブに入ってたんだろう？　佐田のサッカーを始めるきっかけは何だったのかなって？」

「ああ、なる……」

懇切丁寧な補足で質問の意味はわかった。わかったのだが、

「…………覚えてねえな」

多少、考えた末にそう答えた。嘘じゃない。本当に思い出せなかった。

「え？　マジで？」

「マジだよ。もう昔過ぎてさっぱりだ……」

「そうなんだ…………じゃあ、サッカーを辞めた理由は？」

ずけずけと聞いてくる槍也。好奇心というのもちょっと違う。

「それも昔のこと過ぎて覚えてねえよ。……滋賀、そんなに俺の……その、何だ、俺のサッカーについて知りたいのか？」

サッカーについて知りたいのか？」

んな価値ねえよ。と、アキラは思うのだが、槍也の意見は違った。

「うん、知りたいな……マジな話、佐田が今サッカーやってないのはもったいないと思うよ？」

あけすけな言い草に鬱陶《うっとう》しさと爽やかさを同時に覚えて肩をすくめた。

——正直な奴だ。

アキラはそう思った。次いで、

——俺は嘘つきだな……。

そうも思った。

実は、サッカーを辞めた理由の方は覚えていた。

ボールを蹴るのが嫌いになったわけじゃない。嫌気がさしたのは人間関係の方。

アキラは、チームメイトやコーチと上手く馴染《なじ》めず、それでサッカーを辞めた。

といっても、別にチームメイトからいじめられたとかコーチが糞《くそ》だったとか、そんなわけじゃない。

むしろ原因はアキラの方。サッカーは十一人でやる競技で、ある程度の協調性は必要で、でも、アキラは個人主義でそれがなかったというだけの話。

つまらない話だし、そんなつまらない話を誰かに話す気にはなれなかった。

別に正直者になりたいとは思わないが、少しだけモヤッとした。

＊＊＊＊＊＊

日本サッカーの救世主と呼ばれる滋賀槍也を生み出した公園から歩くこと十分少々、どうやら目的地に着いたらしい。

そこは河川敷《かせんじき》のグラウンドだった。

「到着！」

「お疲れ様でした」

息のあった二人のやりとりを聞きながら、アキラは首を傾《かし》げた。

「いや、誰もいねえぞ？」

「そりゃ、キックオフは一時からだからな」

その言葉に思わずスマホを取り出すが、現在十一時三十分。まだ一時間半も余裕がある。そりゃ誰もいないわけである。

「早すぎねえ？」

「そうですか？　お昼ごはんの事も考慮すると、そこまで早くはないと思います」

「お昼ごはん？」

「はい。試合直前に食べるとお腹が痛くなりますからね。まだ十二時前ですけど、お昼にしましょう。――兄さん、シートお願いします」

「わかった！」

槍也がスポーツバッグの中からブルーのレジャーシートを取り出した。それを草むらの上に広げて、風で飛ばされない様に四隅に小石を置いていく。

テキパキとした行動で、あっという間にシートが広がった。

琴音は靴を脱いでシートに上がると、バッグの中からお弁当箱を三つ取り出した。

「佐田君の分も作って来たのでどうぞ」

「そりゃ、どうも……つか、おたくが作ったの？」

「はい」

そう頷かれてアキラは少なからず驚いた。

中身にもよるが、中学生で料理が出来る女の子は数少ないのではないか？　それとも、それはアキラの偏見で、世の女子中学生はみんな料理が出来るのだろうか？

なんにせよコンビニでおにぎりでも買う気だったアキラとしては、一食分浮いて助かったと言える。

静岡まで遠出して、少し歩きもしたから小腹もすいている。

アキラは靴を脱いでシートにあぐらをかくと、手渡された弁当箱を開けた。

「おー……」

蓋《ふた》を開けたら、思わずそんな声が出た。

ごはんと肉と野菜が、カラフルかつ綺麗に盛り付けてある。

率直《そっちょく》に言って、美味《うま》そうという感想しか思い浮かばない。

むろん、味は実際に食べてみなければわからないのだが、これで不味《まず》かったら詐欺《さぎ》だと思う。

――こいつ、料理上手いんだな。

――母さん……負けたな。

アキラは、別に自分の母の料理の腕前に不満があるわけでもないし、好きでもあるのだが、それはそれとして見た目だけなら母の負けだ。

そして、そんな美味そうな弁当の中でも、特に目を惹《ひ》く一品があった。

「肉詰《にくづ》めピーマン……」

「げっ！　ピーマン！」

呟《つぶや》いた言葉が、槍也と被った。

思わずアキラたちは顔を見合わせた。

「佐田もピーマン、苦手なのか？」

「まさか？　……んなわけねえよ」

槍也の質問に首を振って否定した。

アキラはピーマンが好きだ。ましてや肉詰めピーマンとなれば更に好きだ。

あのピーマンの苦味と肉の旨味《うまみ》の混じり合う肉詰めピーマンには、何かと皮肉屋なアキラをして賞賛の言葉しか出てこない。

一体どんな天才が、ピーマンの隙間に肉を詰めて焼く、などという奇想天外な事を考えたのか？　あれを最初に考えた人間はノーベル賞に値《あたい》すると、アキラは心の底から思ってる。

当然、母にも頻繁《ひんぱん》に要求するのだが、残念ながら母には割と大雑把《おおざっぱ》なところがあり、よくピーマンと肉が離れた代物《しろもの》が出来上がる。

アキラは割となんでも食べるし、わがままな要求もあんまりしないが、肉詰めピーマンのことだけは話が別だ。

一度、

「母さん。肉とピーマンが離れたら、そりゃ、もう肉詰めピーマンじゃねえ！　只の肉とピーマンだから！」

そう母に詰め寄った事があるのだが、

「文句があるなら、自分で作りなさい」

と、一蹴《いっしゅう》された。返す言葉もなかった。

まあ、そんなわけでアキラは肉詰めピーマンが大好きだ。

一方で、槍也はピーマンが苦手みたいだ。今も困った顔で妹を見ている。

「琴音……」

「頑張って下さい」

そんな二人のやりとりを見て、不思議に思って質問した。

「滋賀はピーマン嫌いなのか？」

「そうなんだ。俺、ピーマンだけは苦手なんだ」

槍也が、彼らしからぬ、いささか情けない表情で答えたので、今度は妹の方に尋ねた。

「なら、何で弁当にピーマン入れたんだ？」

「練習……ですね。兄さんは来年から寮生活になるんですけど、その時までに好き嫌いを直しておいた方がいいと思いまして。肉詰めピーマンは、ピーマン嫌いを克服するのに丁度良い料理だと本にも書いてありましたので、ちょっと試《ため》してみました」

「なるほど……」

琴音の説明を聞いて、一応、納得はできた。ただ、

――こいつ、余計なお世話だなぁ。

と、思いはする。

『いやぁ、麗《うるわ》しい兄妹愛だねぇ！　優しいなあ！　アキラも見習いなよ！』

「…………」

ヤマヒコの何の皮肉もない賞賛を聞いて、アキラは押し黙った。

一つの出来事に対して、アキラとヤマヒコで全然違う見解が出る時が割とある。

そういう時、

──もしかして、俺、性格が悪いのか？

という疑問が、頭をよぎったりするのだが、

──まあ、ヤマヒコが能天気なだけで、俺が普通だろ……。

そう思い直すのが、いつものことだった。

気を取り直して、少し早い昼飯にした。

「いただきます」

と、行儀良く挨拶してから箸《はし》を進める二人を見て、アキラも軽く会釈《えしやく》してから箸を手に取る。

ちなみに、アキラは好物を後にとっておくタイプでもないので、肉詰めピーマンを真っ先に、とりあえず一口。

──うまっ！

素でそう思った。ピーマンと肉が、これまで食べた事がないくらいに一体化している。

「え？　この肉詰めピーマン、滅茶苦茶美味くないか？」

「お口に合って良かったです」

思わず問いかけたら、琴音が笑みを浮かべた。

――うっ……。

女性慣れしてないアキラに、琴音の笑顔は少しインパクトが強かった。その性格には少し苦手意識を持っているが、美人である事は間違いない。なんか余計な事を言った気がして、ごまかす様に他の具材に手をつけた。

――ちくしょう……どれもこれも……。

何がちくしょうなのか、自分でもよくわからなかったが、どの料理も普通に美味い。ついガツガツと箸が進んだ。

かなり早いペースで弁当を平らげていると、ふと肉詰めピーマンを前に困っている槍也が目に入った。

「そんなに嫌いか？」

「うん、まあ……でも、折角《せっかく》、琴音が作ってくれたんだから頑張ってみるよ」

半分、痩《や》せ我慢をしている様に見える今の槍也は、とても日本サッカーの救世主と言われている様には見えない。

――こいつも、普通の奴なんだな……。

同じ学校に通っているものの、完全に別世界の住人だと思っていたが、少しだけ親近感が湧いた。

＊＊＊＊＊＊

食事を終えたアキラは紙コップに注がれたお茶を飲みながら、さっきまで食べていた弁当の余韻《よいん》に浸っていた。

肉詰めピーマンが美味かった。

肉詰めピーマン以外の料理も美味かった。

凄く満足した。最後の一口を食べ終える時は、

――あー、これでお終《しま》いかぁ……。

という寂寥《せきりょう》感すら覚えたものだ。

これからサッカーが始まるというのに、なんというか既《すで》にメインイベントが終わった気分だ。

それに朝は寒かったが、今は十一月にしては珍しいくらいに暖かくて微風《そよかぜ》も心地いい。

このまま、のんびりとしたい。

「よし。お昼も食べたし、試合前の準備運動も兼ねてボール蹴らないか？」

「はえーよ……」

ピーマンに向かい合っていた時の情けない表情とは一転、普段の調子を取り戻した槍

也がそんな事を言ってきたので、アキラは嘆息《たんそく》した。

「まだ俺は動きたくないから、やるなら一人でやってくれ」

「そっか。なら、後で来てくれ」

きっぱりと断ると、槍也は特に不快な様子を見せることなく、バッグの中からスパイクとボールを取り出して席を立ち、少し離れた所でリフティングを始めた。

足の甲（確かインステップ……だったはず）でボールを両足の間を行ったり来たりさせた後に、太もも、足のインサイド、そしてアウトサイドと、順番に足の各部位を使っている。

特にアウトサイドを使うのは難しかった記憶があるのだが、槍也は難なくこなしていてボールが地面に落ちる気がしない。

上手《うま》いもんだ……と、感心していたら、アウトサイドの次に足のつま先でリフティングを始めてびっくりした。

――は？　つま先？

子供の頃に習ったのは足の甲からアウトサイド、それに加えてヘディングまでで、つま先でリフティングするなんて思いもしなかった。カルチャーショックもいいとこだ。

つい、そんな足の先で、ボールがコントロールできるのかと疑ったが、槍也は涼しい顔でリフティングを続けている。抜群《ばつぐん》の安定感だ。

シートに座ったままのアキラが物珍しげに眺めていると、隣から感嘆のため息が漏れてきた。チラッと視線を向けると、琴音がまるでスーパースターを見つめるファンの様に槍也を見つめていた。

——お前、妹だろ？

と、思いはしたが、めんどくさくて口は開かなかった。

それから、しばらくはリフティングを眺めていたが、——途中から、だんだんと眠くなってきた。

安定感抜群の槍也の動きは常に一定のリズムを刻んでいて、まるで催眠術の五円玉のように訴えかけてくるものがある。

ましてやいい天気だ。あぐらをかいて、肘《ひじ》を立て、ほおづえをついていたアキラが、つい秋の日差しに誘われて、うつらうつらとしかけた時、

「お〰〰〰い。槍也〰〰！」

という声が飛んできた。

はっと意識を取り戻したアキラがそちらを向くと、少し離れた所にアキラたちと同世代の男が三人ばかり手を振っている。

もしかしなくても槍也のリトルチーム時代のチームメイトだろう。

アキラと同じく、そいつらに気づいた槍也がリフティングをやめてボールを左手で抱

えた。そして、空《あ》いている右手を振りながら嬉《うれ》しそうにそちらへと駆け出した。

「みんな！」

軽く駆けている様に見えるのに速い速い。あっという間にあっちまでたどり着いてしまい、三人に槍也が加わって輪になりながらはしゃいでいる。距離があって何を言っているのかは聞こえないが、表情から再会した喜びを分かち合っている事はみてとれた。

――小学生以来か……凄えな。

話を聞いた限り中学生になってからは疎遠になっていたはずなのに、へんな遠慮もなく溶け込んでいる。

ましてや、今の三人だけでなく、サッカーをするだけの人数が集まるのは、本当に凄《すご》いと思う。

そんな風に、遠巻きに眺めていたら、ふと槍也がコッチを指差した。

それに釣られて、友達三人もコチラに視線を向けた。

最初は琴音の事を指しているのかとも思ったが、どうも槍也が指差しているのはアキラの方だ。

――なんだ？

そんなアキラの内心を見透かしたかのようなタイミングでヤマヒコがしゃべりかけてきた。

『いや、槍也君、アキラの事を大絶賛してるよ。何でもロアッソ＝バジルの生まれ変わりだとか？　そうなの？』

「なわけねーだろ」

アキラは小さく呟いた。

そのロアッソ＝バジルとやらが、一体どんな人間なのか知らないが、おそらくは有名なサッカー選手なのだろう。サッカー素人《しろうと》のアキラがたとえられるには絶対に不釣り合いなはずだ。過大評価は止めて欲しい。体の芯がムズムズする。

なんとなく気になって、琴音に聞いてみた。

「なあ、ロアッソ＝バジルって知ってる？」

「ええ、知ってますよ。サッカー選手のロアッソ＝バジルですよね？」

「そう、それ。どこの国のどんなプレーヤーだった？」

「確かドイツ出身で、天才の名をほしいままにした選手です。『現代の皇帝』なんて呼ばれていて、フィールドの中央から凄いパスを放ったそうですよ。でも、彼が二十三歳の時、私たちが小学校五、六年の頃ですね……残念ながら交通事故で亡くなったそうで、早すぎる英雄の死に、その時は全ドイツが泣いたそうです」

「ふーん……」

妹の説明を聞きながら、心の内での兄貴への罵倒が留《とど》まることを知らない。

生なんだよ⁉

――なんで、お前が小学生の頃に死んだサッカー選手の生まれ変わりが、お前の同級

――アホかよ、あいつ⁉

――そこは、せめて再来とかだろ⁉

数学が出来ないのか、国語が出来ないのか……。

「滋賀って、学校の成績はどうなの？　もしかして、サッカー一極型で脳みそまで筋肉で出来てるタイプ？」

思わず出てきた質問に琴音が眉をひそめた。

「唐突に何ですか？　兄さんが馬鹿だとでも言いたいのですか？」

「いや、サッカーの日本代表に選ばれるくらいだから、勉強なんてやる暇《ひま》ないんじゃないかと思ってな……進学もサッカー推薦だろ？」

「そうですけど！　でもだからといって勉強を疎《おろそ》かにしてはいません！　授業も真面目に受けてますし、宿題だってちゃんとやりますから！　この前の中間テストだって頑張ったんですよ！」

兄への侮辱《ぶじょく》は許さない。とばかりに国、社、数、理、英の五教科のテストの点数を教えられたが、確かにどれも平均点以上はあった。というか、数学に至ってはアキラの方が負けていた。地味にショックだ。

「悪い。お茶くれる？」

「……どうぞ」

気持ちを切り替えるためにお茶を飲んで気持ちを落ち着けていると、槍也を含めた四人がこちらにやってきた。

「お久しぶりー、琴音ちゃん！」

その中の一人から、琴音に向けて挨拶が飛んできた。

「こちらこそ、お久しぶりです、千葉《ちば》君」

丁寧な仕草で頭を下げる琴音に、千葉と呼ばれた男が嬉しそうな顔をした。

「おっ！　俺の名前、覚えてくれているの⁉」

「ええ、勿論《もちろん》です。元チームメイトじゃないですか」

「いや、嬉しーな！　ってか超可愛《かわい》くなったよね？　昔から美人だったけど、今はもうアイドルより可愛いじゃん⁉」

「それは大袈裟《おおげさ》だと思いますけど、でも、ありがとうございます」

「いやいや、全然、大袈裟じゃないって！　なあ？」

最後のなあは、残りの二人に向けたもので、その二人も大真面目に頷いた。

その後も、千葉は熱心に琴音に話しかけた。

「琴音ちゃん。俺とスマホのアドレス交換しない？」

「ごめんなさい。男性とそういう事をするのは、ちょっと……」

「がーん！　フラれた！」

オーバーなリアクションだが、そう落ち込んでいる様には見えない。お調子者……というのがアキラの印象だった。

『へー。琴音ちゃん、野郎とはアドレス交換しないんだって。ならアキラは特別扱いじゃん！　ヒューヒュー！』

「止めろ。どう考えても俺が特別なんじゃなくて、兄貴が特別なんだよ」

小声でヤマヒコとやり取りをしていると、お調子者の視線がアキラに向いた。

「そんでもって、おたくがロアッソ＝バジルの生まれ変わりかい？」

「ちげーよ」

アキラは即答した。

「え？　違うの？」

「違う。只の素人だ」

「でも、サッカー上手いんだろ？　今日だっておたくとサッカーするために、俺ら集められたんだぜ？　受験が迫った今の時期にさ」

「それに関してはマジで悪いと思ってる。でも、俺も半分、無理矢理に連れて来られた被害者だ。文句はそいつらに言ってくれ」

そう言って親指で二人を指すと、槍也は困ったように苦笑い。琴音は何か言いたげな表情で、でも何も言い返さなかった。

その代わり、というわけでもないだろうが、千葉が言う。

「おたくさ、性格悪いって言われない？」

「そういうあんたは、お調子者って言われないか？」

質問に質問で返したら場に沈黙が舞い降りた。

『なんで、出会ってすぐに揉《も》めるかなぁ……』

ヤマヒコが、呆《あき》れた声で呟《つぶや》いた。

＊＊＊＊＊

その後も続々と滋賀の元チームメイトが集まって来た。

槍也と琴音は再会の喜びを分かち合ったり、試合の準備で大忙しだ。

一方、アキラはといえば最初に微妙に揉めた影響で少し遠巻きにされている。面倒くさくなくて結構な事だ。

ついでに、ヤマヒコの説教じみた話がなければ更にいい。

『いいかい、アキラ。アキラはもっとラブ＆ピースを大事にするべきだよ！　折角、静岡まで来たんだから、普段、出会う事がない人たちとフレンドリーフレンドリーやった方が絶対に楽しいって！』

「うるさい。アホな造語を作るな。だいたい、俺は普通に挨拶を返しただけで何も悪いことはしてねぇ」

ヤマヒコの小言に適当に言い返しながらも、シートの上でのんびりとしていると、琴音がアキラの元へとやって来た。

「さ、そろそろ準備して下さい」

そう言われて、思わず時間を確認したが、現在十二時四十分。

「一時まで、あと二十分もあるぞ？」

「もう二十分しかないんです。ほら、準備運動をしないと」

琴音はまだ動きたくないと考えているアキラを急《せ》き立《た》てる様に、バッグの中からサッカー用品を取り出して並べた。どれも、見るからに新品だ。

「はい。これが靴下。これがレガース。そしてこれがスパイクです」

「……わかったよ」

アキラはコップの中身を飲み干して、順番に並べてある道具を身に着けていった。

その途中でふと気付いた。

「そういや俺、脛当《すねあ》てと靴はねえってメールはしたけど、靴下はなんも言ってなかったよな？」

「ええ。メールにはありませんでした。でも、レガースもスパイクも持っていない人が、サッカーソックスだけを持っているとも思えませんから、靴下の事は気付かなかったんじゃないかって……ですから一応、用意だけはしておきました」

「なるほど……」

琴音の用意周到ぶりに舌を巻きながらも、アキラは準備を終えて立ち上がった。

幸いと言っていいのか滋賀と足のサイズは一緒だったみたいで、スパイクがしっくりと合う。

感触を確かめるために軽く地面を踏み付けていると、

「では、ストレッチから行きましょう。まずは屈伸《くっしん》から」

そう言ってアキラの見本になるかの様に、実際に屈伸を始めた。

そんな琴音に促されて、アキラも渋々《しぶしぶ》ながらストレッチを始めた。

スポーツ選手が試合前に準備運動をするのは、素人のアキラでも知っている。いわば常識だが、こんな公式戦でもない野良サッカーでそこまでやる必要があるかは疑問だ。

「なあ、わざわざ準備運動までする必要ある？」

「勿論、怪我《けが》の予防にもなりますし、そもそも佐田君には万全の状態でサッカーをしてもらわないと静岡まで来た意味がないじゃないですか？　――はい、次は腕を回して……駄目です、もっと真面目にやって下さい」

「わかった。わかったよ」

琴音に見張られ、時々、駄目だしをされながらも一通り準備運動を終えると、今度はオレンジ色のビブスを渡された。

「はい。これを着けて下さい。佐田君はオレンジチームです。そしてオレンジチームはあっち側です」

そう示された先には、オレンジ色のビブスを着た人間が集まっていた。どうやらアキラが最後の様だ。

「では、頑張って下さい。――そういえば、佐田君のサッカーを見るのは初めてですね。期待してますよ」

その言葉に背中を押される様に、アキラはオレンジチームへと向かった。

「……期待が重い」

途中、思わず愚痴が出た。

静岡まで来て、何十人と人を集めて、グラウンドを借りて、用具一式に弁当まで用意された。これらをアキラとサッカーをするためだけに揃えたのだから、妙なプレッシャーがかかるのも仕方がないだろう。

――どうなったって知んねえぞ。

プレッシャーを振り払うかの様に肩を回しながら、オレンジチームの元へとたどり着いた。

オレンジチームの面々は当たり前だが、槍也以外は知らない顔だ。

きっと槍也からロアッソ＝バジルの再来だとかなんとか変なことを聞かされているのだろう。何人かは興味津々といった顔でアキラを見つめている。

『ほら、アキラ！　今から一緒に戦う仲間なんだから挨拶をしよう！　大丈夫、アキラはやれば出来る子だよ！』

「ヤマヒコ、てめえ……」

一体、ヤマヒコはアキラの事をなんだと思っているのか？　わざわざ念を押されなくとも挨拶の一つや二つ出来るに決まってるだろうが。

アキラはオレンジの面々を見渡しながら言った。

「じゃ、よろしく」

明瞭簡潔な挨拶に、オレンジたちからも「ああ」だの「おう……よろしく」だの返事が返ってくる。

「な？　何の問題もないだろ？」

『…………』

アキラの問いかけにヤマヒコは黙った。

普段もこれくらい静かならいいのにと、そう思いながらグラウンドを見回した。

アキラは決してサッカーをやりたいから、この場にいるわけではない。雨天中止を願ったりもした。が、こうしてこの場にいる以上は約束通り、アキラなりに真面目にサッカーをやるつもりだった。それが滋賀の期待に沿うのか沿わないのかまでは知ったこっちゃない。

「さて、やるか」

首を回しながら小さく呟いた。

試合が始まって、およそ十五分。

アキラはフィールドの真ん中あたりで、自軍のディフェンスゾーンからボールが上がってくるのを待っていた。

『いや～……流石《さすが》、経験者の集まりだねぇ。行き交う声の量が違うわ』

ヤマヒコの呟《つぶや》きに思わず、なるほど……と思う。

確かに、みんな声を出しているし、身振り手振りも自己主張が激しい。体育の授業や球技大会とは空気が違う。

さて、そんな中で、攻撃の起点ともなるトップ下のポジションを任《まか》されたアキラだが
……ぶっちゃけ苦戦していた。

ボン――とディフェンスからアキラに向かって縦パスが放り込まれた。

「わっ……と！」

弾むボールをなんとか受け止めると同時に、ヤマヒコが告げた。

『左！　左！　左サイドのウイングがいい感じ！　でも、後ろから来てるから急いでね！』

「ああ⁉」

ヤマヒコの言葉に従って左サイドを見たが、確かにパスを出せれば有利になると思った。

だが、もたもたとトラップしている間にアキラをマークしている男（確か千葉《ちば》という名前だった）が距離を詰めて来て、パスを出せる状況ではなくなった。

足を伸ばしてボールを奪い取ろうとしてくる。

「ちっ、……くっ！」

慌てふためきながらも、千葉に奪われまいと、ボールと千葉の間に自分の体を挟んでガードしたが、もうパスを出すどころじゃない。

――鬱陶《うっとう》しいな、こいつ！

胸の内でそう毒づいてしまう位に、ちょこまかちょこまかと足を伸ばしてくる。

そして、

「げっ⁉」

執拗《しつよう》なプレッシャーで思わず足元が狂った。

ボールがコロコロとアキラの足元から溢《こぼ》れおちた。

咄嗟《とっさ》に足を伸ばしたが、全然届かない。

その溢れ球を別の敵が拾い、大きく前線のフォワードに向けて縦パスを出した。

一瞬で攻守が切り替わり、ゴールエリアの手前で白熱した戦いが繰り広げられる。

敵チームの面々はアキラとは違い我慢強くキープして、こっちのディフェンスに囲まれたらショートパスで味方に繋《つな》ぎながら虎視眈々《こしたんたん》とゴールを狙っていたが、ある時ボールが溢れた。

双方のチームにとって予想外だったが、一番ボールに近かった敵の中盤の選手が拾い、そのままツータッチからのミドルシュートを打ったが、ふかし気味のシュートはゴールの枠を大きく外れた。

『ふ〰〰、セーフ〰〰。良かったね、アキラ』

「良かったね……じゃねーし」

思わず悪態で返した。

結果外れたとは言え、アキラがボールを奪われた事が、カウンターのきっかけだったのだ。

それも今回だけじゃない。試合が始まってからの十五分で、すでに何回も同じ様にアキラの所で奪われている。

——ちっ……。

面白くなくて、小さな舌打ちが出てしまった。

気持ちを切り替える様にボールを見ると、丁度、キーパーによる試合再開のゴールキックが放たれた所だった。その大柄な体格に見合った高い高いロングパスのボールを右サイドのウイングがしっかりと足元に確保した。

——上手《うま》いな。

アキラも同じ様なボールを貰《もら》ったのだが、アキラの場合はボールの落下地点をあっさり千葉に取られて、トラップにすら行けなかった。

——ああ、だから真ん中の俺じゃなくて、ウイングに……。

味方のキーパーから大分、舐《な》められているが、そもそもアキラは素人《しろうと》だ。舐められている、というよりは順当な評価だろう。むしろ、ふざけた高評価の滋賀《しが》の方がおかしいのだ。

今も、ボールのキープをしたのはいいが、敵のウイングに前を塞《ふさ》がれて進めないウイングが、横にいるアキラをチラリと見たがパスは来なかった。

悔《くや》しいが正解だと思う。今受け取っても、さっきと同じ様に千葉にしてやられるだけだ。

前にも進めず、横にも出せないウイングはゴールに背を向けて、後方でフォローしていたディフェンスにバックパスを出した。

パスを受け取ったディフェンスはそのままセンターに、更には逆サイドへとボールが回っていく。

経験者による鮮やかなボール回し……なのだが、自軍のフィールドから進んでいない。ゴールを奪うためには縦に進まなくてはいけないのだが、チームのど真ん中であるトップ下が使えないとなると、かなり選択肢が削《けず》られる。今もサイドから突破しようと試《こころ》みているが上手くいってない。

――畜生《ちくしょう》！　やっぱりガチにやってる奴らには敵《かな》わねーじゃねーか⁉

内心で毒づきながらもボールを貰いに左サイドに寄ると、攻めあぐねていた左のウイングが、苦し紛れにボールをよこした。

このボールをなんとか前に繋げたいのだが、アキラが前を向く前に、再び千葉からアタックを受けた。

さっきと同じ展開だ。素人同士の戦いだった球技大会とは違って、相手はのんびりしていない。トップ下のアキラがボールを持ったら千葉は素早く体を寄せてくる。

――っとに、うぜえ！

――一度下げるか？　いや、ここで下げたら次も一緒だ。

――それよりも……。

ジリジリと後退させられる中、一か八かドリブル突破を試みた。

これまで敵ゴールに背中を向けてボールをキープしていたが、意を決して、相手の意表を突いてボールを半時計回りに切り返した。

インサイドターンという足の内側でボールを進めるターンは、素人でも形だけなら容易に出来る。これでタイミングをずらせれば千葉を抜いて前を向くことができる……と期待したのだが、千葉はあっさりとついてきた。

ぴったりと張り付かれ並走された。そして、アキラが次の策を考える前にスルッと胸の前に腕を差し込まれたかと思いきや、いつのまにか前に行かれてボールを奪われた。

更に今しがたのアキラのようにクルッと前を向いた。

アキラは突然のターンについて行けずに、フィールドの中央に一人悲しくほっぽり出されてしまった。

そしてフリーになった千葉が、アキラを置き去りに中央に向かってドリブルを開始した。

味方がマークに付こうとしたが、それよりも先に千葉から前線にパスが通った。

フォワードとディフェンスの1対1。

フォワードは軽やかなタッチで前を向き、そして、まだゴールまで距離があるにもかかわらずミドルシュートを放とうとした。当然、ディフェンスはディフェンスで体を張って防ごうとしたが、シュートは囮《おとり》だった。

ボールを蹴る手前でシュートモーションを止め、インサイドターンでディフェンスの逆を突いてペナルティエリアに進入した。

他の味方のカバーも間に合わず、キーパーと1対1だ。

こうなると、俄然《がぜん》攻め手が有利で、今度こそ放ったシュートがゴールネットに突き刺さった。

「よっしゃあああ！」

点を取った事を誇示する様に右手を掲《かか》げると、周囲の味方がわらわらと集まった。掲げた腕と、次々とハイタッチを交わしている。

『ああ、点を取られちゃったね……でもドンマイ、ドンマイ。試合はこれからだよ。落ち込まずに行こう！』

「……別に落ち込んでねえよ」

アキラはヤマヒコの励《はげ》ましの言葉にぶすっと答えた。

若干強がりも入っていたが、でも実際落ち込む理由がない。

周りが経験者だらけの中でズブの素人が活躍できる方がおかしいのだ。しかも、アキラはそれを予想していた。なのに滋賀兄妹《きょうだい》が無理矢理引っ張って来たのだから、全ての責任は滋賀兄妹にある。

——だから、俺は何一つ悪くない。

そう思いながら、試合再開のために自軍のフィールド、トップ下の位地に戻っていると、同じく、自軍のフィールドに戻ろうと駆け足してる千葉とすれ違った。

そして、すれ違いざまに、

「なんつーか、おたく、只《ただ》の素人じゃん？　ちょっとがっかりだわ」

という、大変むかつく一言を貰った。

「…………」

無言ながらもアキラは思う。

いや、お前の言う通り、俺は只の素人だよ？　何なら、最初からそう言っていたじゃねーか？　そんな素人相手に容赦なく攻めてきて、しかも得意げに勝ち誇るとかスポーツマンとしてどうなんだろうな、マジで？　あと、何ががっかりなんだよ？　どう見ても、一欠片《ひとかけら》もがっかりしてねーだろうが？

「まあ、俺はあんなガキと違って精神年齢が大人だからな、無意味な口喧嘩《くちげんか》なんてしねえ」

『えっ？』

心底、意外そうなヤマヒコの『えっ？』にアキラは噛《か》み付《つ》いた。

「なんだよ？　なんか俺、おかしな事言ったか？」

『いや、なんでもない！　アキラはなんにもおかしくなんてないよ！』

「だろう？　……それよりヤマヒコ。ちょっと、やり方を変えるぞ」

『はい？』

「どうせ試合が終わるまでは帰れねーんだ。なら、残りの時間で一回くらいは、あいつに吠《ほ》え面《づら》をかかせてやる」

『………うん、まあ、やる気があるのはいい事だよね』

「だから、まず……」

ヤマヒコの賛同を得て作戦を話し始めた所で、キックオフからの試合が再開された。

滋賀がボールを持って駆け上がる。

「ちっ。まだ、はえーよ………しょうがねーな、やりながら変えてくぞ」

『オッケー！』

アキラはヤマヒコと会話を続けながら走り始めた。

＊＊＊＊＊

――全然、大したことないな。

それが、千葉竹春《たけはる》が佐田《さだ》とかいう男をマンツーマンでマークしながら、今までに抱いた率直な感想だった。

なんでもパスの出し方が上手いそうだが、ボールタッチがおそまつすぎて何ら生かせていない。

——見込み違いじゃないか、槍也《そうや》？　こいつ、只のボンクラじゃないか？

この場でそう思っているのは竹春だけではないと思う。

竹春はかつて天才を見た事がある。他ならぬ滋賀槍也の事だ。

竹春よりも一年近く遅くサッカークラブに入団したのに、入団時、既に同い年の誰よりもサッカーが上手かった。

とにかく体がよく動いたし、コーチから教えられたことはすぐに身に付いた。よくあるたとえだが、一を聞いて十を知るを地で行く奴だった。

また、槍也程ではないにせよサッカーが上手い人間というのは、たいがい最初から機敏に動けてボールタッチが上手い。

それに比べて、このいけ好かない野郎は、凡人そのものだ。

今だってそうだ。他所《よそ》からボールが回って来たが、竹春が体を寄せると、あっさりとバックパスで逃げた。

——俺に敵わないって、思い知ったのかね。

ふふん、と、鼻を鳴らしながらも距離を置こうとしたが、思い直して普段より前がかりの位置を取る。

マークする相手がボールを持っていない時、裏を取られないように距離を空けるのは守備の基本だが、こいつ程度なら警戒する必要はない。むしろ積極的にインターセプトを狙った方が、より派手に活躍出来るというものだ。

チラリとフィールドの外を見ると、初恋の女の子が熱心に試合を観戦していた。

「ほんと、可愛《かわい》くなったよな〜」

ふと心の声が漏れた。

実のところ、今日、槍也の頼みを喜んで引き受けた理由の何割かは、今の琴音《ことね》ちゃんに興味があったからだ。多分、竹春以外にも同じ理由で引き受けた奴は結構いる。

槍也の事はテレビで見かけたが（引っ越した友達をテレビで見かけるのも凄《すご》い話だが）でも、琴音ちゃんの方はわからない。

さぞや美人になっているだろうと、若干、願望混じりの期待を抱いていたが、再会した琴音ちゃんは期待以上の美人へと成長していた。

こういっては何だが、竹春のクラスのモテカワ女子が、琴音ちゃんと比べるとダイコンに見える。

二人が神奈川へと引っ越して行って、およそ三年。かつてショートカットだった琴音ちゃんの髪が、今では腰に届くぐらいの時間。変わったのが髪の長さだけではないのは、二言、三言、言葉を交わしてすぐにわかった。

できることなら今日の試合、琴音ちゃんの目の前で活躍したい。そうすれば、かつて抱いていたプロのサッカー選手になり、琴音ちゃんと恋人になるという夢が叶《かな》うかもしれないのだ。

――ま、そんなわけねーけど……。

竹春はふと湧いて出てきた夢をすげなく否定した。

今のは夢というよりは、只の妄想だ。

今日一日で急速に琴音ちゃんとの距離が縮《ちぢ》まるはずもないし、サッカーを中学で引退した自分がプロのサッカー選手になれるわけもない。

そう、引退した……だ。既に竹春はサッカーに見切りをつけている。

上ではサッカー部には入らずに、楽な高校生活をエンジョイするつもりだ。恋人だって作りたい。

陽気で、空気が読めて、冗談も言える竹春は、中学では男女含めて友人が多かった。顔立ちだってまあまあ悪くない。高望みさえしなければ、恋人を作る事も出来たはず。

しかし、放課後も土日も祝日もサッカー部に時間を取られた竹春は、恋人を作る余裕がなかった。また、今年の夏前にはサッカー部を引退したのだが、今度は受験勉強で忙しい。この上、高校に入っても同じことの繰り返しはまっぴら御免《ごめん》だ。

無論、かつてはサッカーが好きで、今でもサッカー自体は好きなのだが……、

——しょうがねえじゃん。俺、才能ねえんだから。

どうにもならない現実はどうにもならないのだ。

高校進学。それはサッカーにおいて、進路を決める一つの節目だ。ガチでプロを目指す様な奴は、サッカー強豪校に推薦で入学するし、もしくはプロサッカークラブの下部組織、Jリーガーを育てる『ユース』に所属している。

竹春はそのどちらでもない。いや、それを狙えるレベルですらない。所詮《しょせん》はトップ下になれずにボランチに落ち着いた程度の選手だ。

別にトップ下がボランチより重要なポジションだとか、トンチンカンな事を考えているわけではない。

高い位置で待ち攻撃の起点となるトップ下と、いま竹春がやっている様にディフェンスも担うボランチ。

それぞれに担《にな》う役割が違うだけで、そこに優劣がない事はわかっている。

でも、守備より攻撃の方が好きだったし、点を取ってなんぼだと思っていた。

けれど竹春は、選手の特徴や適性なんて関係なく、上手い奴から好きなポジションを埋めていく地区大会一、二回戦負けの弱小校、そんな中で希望のポジションを取れない程度の選手だった。

そして、トップ下の代わりにボランチに落ち着いた時、俺はプロにはなれないんだろう、と納得した。絶望というほどのものはなかった。ただ夢から覚《さ》めた気分だった。なんなら、半端《はんぱ》に才能がなくて良かったとすら思った。わかるだろ？　サッカーでスポットライトを浴びられる人間なんてごく一部なんだよ。

まあ、そんなわけで上を目指さず、キツイ練習もしないなら——ただ遊ぶだけならサッカーは楽しい。

特に今日みたいに、未来の日本代表になるかもしれない槍也と一緒にサッカーをやるのは胸が躍るし、初恋の琴音ちゃんの前でいいとこ見せて「千葉君、かっこいいです」とか少しでも思われるならなお良しだ。

——つーわけで、今度はミドルシュートでも決めてやろうか。

竹春がそんな事を考えていたら、再び佐田にボールが回ってきた。すかさず突撃をかけインターセプトを狙ったが、上手いこと体を入れられてガードされ、再度バックパスで逃げられた。

——チッ！　逃げ足だけは早いな。

内心で毒づいた。前を向かせずにボールを下げさせたのだから、ボランチの仕事としては悪くはないのだが、こいつ相手ならもっと活躍できるはずだ。

——もうちょい距離を詰めるか……。

もう三歩分、相手へと近づいた。

次こそはインターセプトを決める。そう意気込んでいたら、

相手がぶつぶつと、小声で何か呟いている事に気づいた。

「……な……ぉ……さ…………ぃ……」

——え？　何？

一度気付いてしまえば、よりはっきりとわかった。声が小さすぎて何を言っているかはわからないが、さっきからずっと独り言をぶつぶつと呟いている。

——うわあ、変な奴。

こいつは第一印象からかなり悪かったのだが、知れば知るほど悪くなっていく。数日前、槍也からサッカーに誘われた時、槍也はこいつの事を指して、もしかしたらサッカーの天才って奴に初めて出会ったかもしれない。などと言っていたが100パー勘違いに決まってる。こいつは絶対に紙一重の方だ。

——しょうがない。俺が目を覚まさせてやるか。

と、槍也に対しておせっかいを焼くことにした……のだが、しばらくして異変に気付いた。

佐田にパスが渡るたびにインターセプトを狙っているのだが、いつまでたっても成功しないのだ。

——あれ、取れねえ？

今も、左のサイドバックからのパスを右のウイングに流された。

前がかりに距離を詰めているのにインターセプトする隙がなかった。

というより竹春がインターセプト出来ない位置まで移動されたのだ。

そういえば、最初は棒立ちでボールを待っていたが、今ではちょこまかと立ち位置を変えている。

ちょこざいな……と、思いはしたが、サッカーの実力は圧倒的に竹春が上だ。現に前を向けず、フォワードにも繋げられない。そんな程度だ。

——所詮は悪あがきだ。次は潰《つぶ》してやる。

と、佐田を意識しながらもボールを追った。

ボールは竹春から見て右サイドのハーフライン上。敵のウイングがキープしていて、味方のウイングが若干距離を空けながら進路を塞いでいる。ゆっくりとした探り合いだ。

そうなる理由もわかる。どっちも竹春と同じ中学、同じサッカー部だったのだが、二人は同じウイングというポジションで実力も伯仲していた。ライバル意識もあった。

お互い実力を知り尽くして拮抗《きっこう》しているが故《ゆえ》に、どちらも軽々に勝負を仕掛けられないのだろう。

さて、往年《おうねん》のライバル対決はどっちに軍配が上がるのか？　などと気を取られた瞬間、

「パス！」

竹春の背後から、竹春がマークしているはずの佐田の声が聞こえた。

――え？

慌てて背後を振り向いたら、いつの間にかフリーになった佐田が走りながらパスを要求している。

「げっ」

しまった！　前がかりになりすぎて裏を取られた！

慌てて追いかけたのだが間に合いそうにない……と思ったのだが、何故《なぜ》かウイングはパスを出さずにまごついていた。

「何やってんだ⁉　パスだっつってんだろ、ボケ！」

再び、佐田が口汚くパスを要求すると（いや、本当に口汚い。ボケはいらんだろう）躊躇《ちゆうちよ》していたウイングが慌てた様子でパスを出したが、もう遅い。

佐田にボールが渡った時には、既に別のディフェンスがカバーとして張り付いた。更に、竹春も追い付くから前後から挟める。2対1だ。

――逃げ場はない！　奪える！

と、判断したのだが、

「ちっ！」

佐田は舌打ちと同時に、あっさりとボールをフィールドの角、コーナーエリアに向けて蹴り出した。

「えええっ？」

転がった先に実は味方が走り込んでいた……なんて事はなく、あっさりとサイドラインを割った。

――何考えてんだ、こいつ？

ボールの行方を見届けた竹春が佐田を振り返ったが、佐田は既にボールを見ていなかった。代わりにパスを躊躇したウイングにスタスタと近づいて声をかけた。その声には不満と怒りがこもっている。

「おい。何で今、パスが遅れた？　目があったよな？　フリーだってわかってただろう？」

「い、いや、パスしてもボール取られるかと思って……」

その言い訳は竹春にはわかった。なるほど、そうだよな、と、納得できた。さっきまで、さんざんボールを奪われていたんだから、下手な奴と思われるのも当然だろう。

でも、佐田は納得しなかった。

「おたくがとっととパス出してりゃボールを手放さなくてすんだんだよ。……いいか？　次はパスをくれ。心配しなくても、もう俺がボールを取られることはねーよ」

素人のくせに不遜《ふそん》なことを言いきると、再び中央へと戻って来た。

そして、ボールの行方を追っている。

ゴールライン手前の場所から再開されたので、まだ自軍の陣地で慎重にボールが回されている。竹春も動いてパスコースを確保するべきなのだが、それよりも佐田の物言いが気に入らなかった。

「ずいぶんな自信じゃん？　只の素人だ……なんて言ってた癖《くせ》にさ……」

面白くない。さっきのセリフは、まるで竹春の事なんて眼中にないかの様な言い草だった。諦めたとはいえサッカー歴六年、素人よりは遥《はる》かに上手い。現に1対1では圧倒しているのだ。

だというのに、

「ん？　そりゃ確かに素人だけどさ……でもサッカーの試合はテレビで観たりするし、体育でサッカーやる事もあるし、サッカー漫画だっていくつも読んでるし、こんな野良試合くらいなら……まあ、やるだけやるさ」

「…………」

竹春は押し黙った。今のが、本気で言っているのか挑発して言っているのか判断がつかなかった。只、どちらにせよ、

——俺なんぞは漫画見てりゃ勝てるってか？

竹春の中で佐田という男が、気にくわない奴から嫌いな奴に昇格した。

＊＊＊＊＊

「あいつ、寄せて来なくなったな」

『また裏を取られる事を警戒してるんじゃないかな？　……これだけ警戒されてると、もう一度、裏を取るのは無理そうだよ』

「なら、その分手前でパスを捌《さば》くか。むしろ好都合だ」

『オッケー！　じゃ、右サイドに寄ってパスを貰おう』

アキラはヤマヒコの指示どおり、右サイドに寄ってサイドバックからパスを受けたのだが、

『駄目だ。前は空《あ》いてない。一度、戻そう。ボランチ空いてる』

「ああ」

相手チームの陣形に隙《すき》がなかったので、寄せられる前にボールを手放した。千葉との距離が開いたので、さっきまでより更に余裕を持ってパスが出せる。

そして中央に戻りつつ、再びパスコースを探した。

『いやあ、なんとか形になってきたね！』

「そうだな」

アキラは頷《うなず》いた。ヤマヒコの言う通り、戦術が上手く機能している実感がある。

戦術というと大仰《おおぎょう》に聞こえるかもしれないがアキラの、そしてヤマヒコの考えは至ってシンプルで、1対1の競《せ》り合《あ》いになったら必ず負けるので、そうなる前にパスを繋いでしまおう、というものだ。

出来るだけ前に。でも、それが無理だったら横や後ろにでも構わない。一番大事な事はボールを取られない事だと思ってる。

『でも、まだイケるよ！　アキラはまだボールに振り回されているよね？　そうじゃなくてこう、逆にボールを振り回す感じで味方との線を繋いだ方がいいんじゃないかな？』

「わかりづれえよ。もっと、わかりやすく言え」

『えー……難しい要求するね……』

「頑張れ。なんとかしろ。あと、何処《どこ》に走りこめばいいかの要求も、もっとシンプルにしてくれ。……そうだな、ボールに対して、寄って受ける、引いて受ける。それから、フィールドに対して、上がる、下がる、が基本で」

『わかった』

思えば、アキラがヤマヒコとこうまで熱心にやり取りを交わすのは、これが初めてかもしれない。

その甲斐《かい》もあって、中盤でのパスが上手く回る様になってきた。次は前線に回したい。

そのためには、

「ヤマヒコ。サッカーに関する言葉で、俺が好きだなって思う言葉があるんだけど、多分、今の俺らに一番合う言葉だ」

『アキラが好きな言葉？　何？　どんな言葉？』

「サッカーは、ボールを持っていない時にどう動くかで勝敗が決まる」

その言葉を知ったのは、サッカークラブでも専門書でも何でもなく、とあるサッカー漫画なのだが、でも的を射ているとアキラは思ったし、なんとなしに気に入ったので、今に至るまで覚えていた。

『うわっはっはっはっ！　アキラらしー！』

ヤマヒコが爆笑した。頭の中に笑い声が響き渡る。

『ボールを持っている時じゃなくて、いない時ね！　もう、いかにもアキラが好きになりそうな言葉だね！』

「うるせえ！　笑ってねーで真剣に聞け！　真面目な話なんだよ！」

『わかる！　いや、わかるよ！　要は位置取りの時点で優位に立てってことだよね？　アキラ、ボールキープ出来ないから尚更《なおさら》に……確かに今の俺らの指針となる言葉だね！』

「だろ？　じゃあ、やるぞ。今度はフォワードに繋げる」

『あいあいサー！』

アキラの要求にヤマヒコは陽気な合いの手を入れた。

そして、しばらくして再びボールが回ってきたので真横に、さっきパスが遅れたウイングに渡した。

ボールを持ったウイングは、そのままサイド際をドリブルで駆け上がるように見せかけて、中に切り込んできた。

かなり機敏な動きだった……が、マークもしっかり付いてきてボールを奪おうと身を寄せている。

只、アキラと違いボールタッチが上手く、足の裏やアウトサイドでのターンを使って上手くかわしている。中々にいい勝負……、

『引いて貰え！』

二人の勝負に気を取られていたアキラだったが、ヤマヒコの言葉に弾《はじ》けるように動き出した。

「パスくれ！」

ちょうどウイングの真横にいたアキラは、そのままウイングから離れて、左サイドか

ら右サイドへ移動する様に走り出した。

走り出してからわかった。全体的に人が左サイドへ寄り気味で右サイドが手薄だ。更に千葉もウイング対決に気を取られていたため、左サイド寄りでアキラへのマークが一歩遅れた。

「ヘイ！」

今度はパスが遅れなかった。しかも、味方のウイングはドリブルが上手かったが、パスも上手く、パスルートがアキラの真後ろではなく、若干、相手側にずれていた。アキラが前を向き易い様にだ。

それを右足で受け止めると自然と前を向く体勢になり、

『縦！　縦！』

アキラがトラップした地点から、まっすぐ正面。

右のフォワードである滋賀へのパスコースが空いていた。

——いよし！

相手チームを出し抜いて先を行った。

千葉が必死に追いかけて来るが、アキラがパスを出す方が早い。

「遅《おせ》えよ！」

ゴロゴロと勢い良く転がるボールは、誰にも捕まる事なく前線へとたどり着いた。

「やっと前まで行ったぜ……」

『上がれ！　斜《なな》め前ダッシュ！　中央に！』

「うおっ⁉」

息つく間もなく、再び走り出した。

千葉が左に右に動いたことで、真ん中にぽっかりと誰もいないスペースが出来ている。

他の選手のフォローもない。ボールを持っている滋賀へ注意が向いているからだ。

「パス！　戻せ、戻せ！」

滋賀はゴールに背を向けてボールを確保していたので、アキラの動きに容易に気付き、アキラの要求通りパスを戻した。

「ははっ！」

よく漫画で誰もいない空間へ走り込むシーンを見かけるが、自分でやってみると想像以上に爽快な気分だ。

『どう⁉　注文通りじゃない⁉』

ヤマヒコがドヤ顔ならぬドヤ声を上げた。

思わず、調子に乗んな……と、言いたくなったが、確かにアキラの注文通り、いや、それ以上だ。パスを受け取った時点で既に勝っている。

敵がいないのでアキラの素人丸出しの拙《つたな》いドリブルでも容易に進める。そしてそんな

アキラを、敵の最終ラインが止めようと前を塞いだが、

『左後ろから味方が来てる！　ボールを横に流して！』

ヤマヒコに導かれるがままに、ちょこんと横パスを出す。

走り込んで来た味方が受け取り、そのままフリーでペナルティエリアへと進入した。

キーパーと1対1だ。

「おらあ！」

気合いと共に豪快に右足を振り抜いて力強いシュートを打った……のだが、気合いが空回ったのか、ボールは枠から盛大に外れてあさっての方向へと飛んで行った。

『あっちゃー……』

絶好の機会が凡ミスで潰れ、ヤマヒコが落胆の声をあげた。

いや、ヤマヒコだけじゃない。周囲には、まるでPKで思いっきり枠外に蹴り出してしまったかの様なガッカリ感が漂っている。

アキラも、このしくじり男にひとこと言おうと口を開きかけたが、

「小太郎《こたろう》、ドンマイ！　凄く思いっきりのいいシュートだったよ！」

という、滋賀のフォローが真っ先に聞こえた事で勢いが削《そ》がれた。アキラだけじゃなく他の味方も同様で「ドンマイ！」とか「惜しかったよ！」などと、フォローの言葉を投げかけていく。

　更に、滋賀はアキラの元へと近づくと、

「佐田もナイスパス！　凄くいいプレーだったよ！」

と、爽やかな笑顔でアキラの事を称賛すると、自分の持ち場に戻って行った。

『いやー、滋賀君はいい奴だね！』

「そうだな……」

『でもって、サッカー選手としても凄いし！』

「そうか？」

　ヤマヒコのしみじみとした呟きに、思わず問い返した。

　いい奴という表現はアキラにも納得できるが、サッカー選手としての評価にはイマイチ納得出来ない。

　いや、別に日本代表の滋賀の実力を疑っているわけではないのだが、今日の試合に限って言えば、つい今し方の、ポストプレーからのアキラへのリターンパスぐらいしかやっていない。

　まだ、凄い選手と言えるだけの働きをしていないと思ったのだが、ヤマヒコの意見は違った。

『そうだよ。一番、声出してコーチングしてるし、ボールが来ない時も、いざ来た時のための準備を徹底しているよ。アキラの言う、ボールを持ってない時の動きだね。それにアキラが駄目駄目だった時も、下がってフォローしてくれたよ』

「なるほど……」

どうやら、アキラの気付かない所で色々と助けられていたらしい。

「なら次は、いざという時のための準備を使わせてやるか」

『だね。大丈夫、今のアキラなら出来ると思うよ』

二人の方針が決まった所で、相手チームのゴールキーパーがボールを蹴り出し、試合が再開した。

＊＊＊＊＊

「やっぱ、スゲーよなー、あいつ……」

滋賀槍也は、佐田が敵味方が入り混じった密集地帯の中で、平然とパスを繋げていく様を見て、感嘆の声を上げた。

パスの受け手が背後にいようが、他の選手の陰になっていようがお構いなしだ。あれは、ちょっと真似出来ない。もし槍也が同じ立場に立ったらどうしてもドリブルに頼ることになるだろう。

さっきシュートまで持っていったプレーもそうだが、ポジショニングが尋常じゃなく上手い。

いい場所にいるから、いいパスが通る。言葉にすれば簡単だが、それには広い視野と、冷静な判断力や素早い展開力が不可欠で、素人に出来るサッカーとは思えないのに、見事に成立している。

試合が始まった当初は、経験者の竹春相手にいいようにやられていて、無理に誘ってちょっと悪いことしたかなぁ……と、思いもしたが余計な心配だった。

いまや中盤を支配しているのは、間違いなく佐田だ。

――きっと、もうすぐ、俺の所までボールが来るな……。

そう思った瞬間、鼓動が跳ねた。

まるで、早鐘《はやがね》が鳴り響くように心臓の音が高鳴っている。

「落ち着け」

そう自らに言い聞かせるも、どうにも収まりがつかない。

それも仕方ないのかもしれない。球技大会で佐田を見た時からずっと思っていた。

もしかすると、コイツとなら、俺は全力を出せるのかもしれない……と。

それだけを聞くと、お前はサッカーを本気でやってないのか？　と、思うかもしれないが、それは誤解だ。槍也は試合も練習も誰よりも真剣に取り組んでいる。

ただ、滋賀槍也の代名詞とも呼べるプレー。槍也が最も好きで、最大の武器でもある、ディフェンスの裏のスペースへの走り込みにおいて、槍也はある種のブレーキをかけている。

一体、何故ブレーキをかけているのか？

味方が合わせられないからだ。

――ディフェンスラインの裏への飛び込みは、パスの出し手と受け手の連携が命だからなぁ……。

誰も槍也の感覚についていけない。それが、槍也がサッカーを始めた当初からの悩みだった。

＊＊＊＊＊＊

滋賀槍也は、小学校四年の夏に本格的にサッカーを始めた。地元のサッカークラブに入団し、同じくサッカー大好きな仲間たちとボールを追いかけた。

そして槍也は、はっきり言って最初から特別だった。

足は速い。体は動く。ボールの扱いも、監督の教えや、ビデオで見るプロのプレーを見て真似るだけで、あっという間に上達した。

そんな数々の長所に恵まれた槍也だが、それらを凌《しの》ぐ自身の最大の長所は、恐るべき勘の良さだった。

勘、直感、本能、または閃《ひらめ》き。どの言葉が槍也に最もふさわしいのかはわからないが、とにかく、そういった感覚が人一倍、鋭敏だった。

ボールを持った時、パスで回すのか？　ドリブルで仕掛けるのか？　もしくはシュートに行くのか？

ボールを持たない時、下がって守備に回るのか？　前線でボールを待つのか？　もしくは声をかけるのか？

絶《た》えず状況が変化する中で、自分が今、何をするべきかを瞬時に判断できる槍也の勘は、多種多様な動きを要求されるサッカーにおいて絶大な威力を発揮した。

おまけに人当たりが良く、仲間を助け、助けられることも出来るとなれば……チームワークすら上手くやれるとなれば、槍也はまさに敵なしだった。

そんな槍也だが、たった一つだけ上手くやれないプレーがあった。

それが、ディフェンスラインの裏への走り込みだ。

槍也は、パサーと連携して行う裏への走り込みは、上手く決まればキーパーと1対1の状況を作れる最も強力な攻撃手段だと思っている。

あまりにも強力すぎるから、オフサイドというルールで制約を付けているのだ。

さて、そんな強力な攻撃手段である裏への走り込みであるが、サッカーを始めた頃の槍也は、それはもうバンバンとオフサイドに引っかかった。

槍也の飛び出すタイミングが、尋常じゃなく速かったからだ。

あんまりにも引っかかりすぎて監督からは、もっと飛び出すタイミングを抑えろ、そう指導されたのだが上手くいかなかった。

なんせ槍也は考えるより先に行動してしまう人間だ。行ける！　そう思った時には既に体は動いている。そんな反射行動を抑えるのは難しかったし、何より自分の勘は正しいという確信があった。

——俺の飛び込みを感じて、もっと早くパスを出してくれれば絶対に上手くいく。

そう考えていた槍也は、今、試合をして貰っている彼ら、元チームメイトたちにそれを望んだのだが、色々とあった末に、

「そんなの無理だよ……出来ないよ、槍也……」

と、返された。

そして、その言葉を言ったチームメイトや、他の仲間達の申し訳なさそうな顔を見て、自分がどれだけ無茶を言っているのかに気付いた。

「ごめん」

そう言って頭を下げ、それからは自身の感覚よりも、パスの出し手のタイミングに合わせる動きを身に付けていった。

その後、パサーに合わせる動きを身に付け、唯一の弱点だった裏への走り込みを克服した時、槍也は本当に特別な存在へと羽化した。

只のチームで一番上手い選手から県の選抜選手へ、県の選抜選手から日本全国から選抜された選手、つまり、青いユニフォームを着て日の丸を身に付ける選手へと昇格した。

そして小学校六年の秋、初めて出場した代表戦でハットトリックを決めた事を皮切りに、今に至るまで数々の実績を、それこそ、日本サッカーの救世主と呼ばれるほどにゴールを決めてきた。

だからあの日、槍也が自分の勘よりパサーの動きを優先することを選んだのは間違っていない。

いないのだが、時々、どうしようもなく不自由だと感じてしまう。

特に日本の代表として、強豪国と戦った時はそうだ。

相手も国の代表だけあって本当に強い。

正直、自分たちより強い国も少なくない。

中には、まさに鉄壁のディフェンスラインを保有しているチームもあり、その時は、たった一つのゴールチャンスすら満足に作り出せなかった。はっきりと格上の相手だった。

でも、そんな格上相手でも槍也の勘は、行ける、そう囁《ささや》いていた。

鉄壁の守りの中のほんの僅《わず》かな隙――時間にして一秒にすら満たない僅かな時間――今、裏を取ればゴールを決められると思える瞬間が確かにあった。

もし、走り込んできた槍也を感じとって、遅れずにパスを出してくれれば……の話だ。

結局の所、槍也は仲間にそれを要求することは出来なかった。

そんなパスを――槍也と同じ日本代表仲間にすら要求できないパスを、サッカー部に入ってもいなかったど素人に今から要求する自分は、ひょっとして大馬鹿者なんじゃないかと真面目に思う。

でも――、

――こいつなら、もしかしてって、あの時、思っちゃったんだよな。

あの球技大会で槍也の勘が囁いた。

だからこそ佐田をサッカーに誘い、一度断られたにもかかわらず琴音が佐田に会いに行くのを止められず、お年玉の貯金を使ってまで切符やグラウンドを準備して、受験で忙しいはずのみんなにサッカーをしてくれる様にお願いした。

無茶をやっている自覚はある。

でも、無茶をしてでも知りたいのだ。

佐田明《あきら》の実力を。

そして自分でも見たことのない滋賀槍也の全力を。

「うわ、なんかちょっと怖くなってきた……」

口から泣き言が飛び出す程の期待と不安を胸に、槍也はその時を待っている。

＊＊＊＊＊＊

槍也はアキラのプレーを見て、感心して期待しているが、実のところアキラの方は、かなり必死だった。端的に言えば、さっきから脇腹が痛い。

『アキラ、後ろ！　バックパス！　そんでもってサイド際へゴー！』

「……っ！」

ヤマヒコの指示に従って左サイドに走ろうとするが、その出足が明らかに重い。

いい場所を取るために、ダッシュとストップを繰り返したおかげで、足の筋肉が悲鳴を上げている。

かといって現状、寄せられて1対1になったら勝ち目がないので、足を止める訳にもいかない。

『ほらほら、ペース落ちてるよ！　ダッシュダッシュ！　頑張れアキラ！』

「くっ！」

ヤマヒコの能天気な指示に殺意が湧く。

──お前、ふざけろボケが！　代われ！

もはや、言葉にすることも、面倒なテレパシーで伝えることも出来ない。そんな余裕は一切ない。

何故、ヤマヒコとは聴覚しか共有していないのか？

──この脇腹の痛さをテメえも味わえ！

という、仮に叶ったとしてもアキラの苦痛が軽減されるわけでもない、不毛な考えがふつふつと湧きあがる。

いっそ走るのを止めて楽になりたいが、その前に自分がボールを取られたせいで失った点だけは取り返しておきたい。

汗を拭《ぬぐ》いながらも、いい位置にたどり着いたのでボールを受け取った。

敵のディフェンスが前を塞ぎながら、アキラに寄せてくる。

因《ちな》みに相手は千葉じゃなかった。これまでの混戦でマンツーマンディフェンスは崩れている。ただ、千葉だろうが他の誰だろうが、アキラのボールタッチでドリブル突破は無理だ。

だからこれまで通り、ヤマヒコの指示に従ってライン際ギリギリのところにいるウイングにパスを渡して、前へと駆け上がった。

意表を突かれたのか、ボールの行方を追っていたのか、アキラのマークについていた奴の反応が遅れてフリーになった。

「戻せ！　くれ！」

アキラの要求にウイングが即座に応えた。ダイレクトでアキラの走るスピードに合わせたパスが返ってきた。しかも、サイド際を駆け上がるような素振りを見せておいて、敵のマークをサイドに引きつけておいてのヒールパスだ。このウイング、さっきから何気に上手い。

おかげで、俗に言われる壁パスを成功させ、ハーフラインを越えた時には完全にフリーだった。

このまま、駆け上が……――、

『右45度！　強く抜け！』

唐突なヤマヒコの指示に反射で応えた。

言われた通り、中央のディフェンスの間に向けて強くボールを蹴りだす。

しかし、

――あ？　誰もいねえ？

相手プレイヤーの間を抜け、グラウンドを斜めに転がるボールの先には、パスを受け取る人間がいなかった。

――うわっ!?　ぜってえ、このままゴールラインを割る！

そう思ったアキラがヤマヒコに、どこに蹴らしてんだよ⁉　と、文句をつけようとした瞬間、敵プレイヤーの陰から滋賀が飛び出してきた。

「は？　え？」

つい、そんな声が出た。

駆け上がるスピードが尋常じゃない上に、纏《まと》う空気が普通じゃない。遠目から見てもはっきりとわかった。荒々しいまでの、それこそ殺気じみた気配が、アキラの所までビリビリと伝わってきて、心がざわつく。

ふっと、いつだったかテレビで観たドキュメンタリーの映像が思い浮かんで、今の滋賀と重なる。

アフリカのサバンナを駆け、シマウマを狩るライオンの姿。

残酷なまでの弱肉強食と、生への渇望《かつぼう》。

今の滋賀はまさしくそれだ。ただひたすらにゴールだけを狙っている。

『滋賀君、いっけえええ！』

ヤマヒコが聞こえるはずのない声援を送った。

そして、ボールがペナルティエリア内を抜けようかという所で、滋賀はどう考えても追いつけるはずのないボールに追いついた。

そのままトップスピードを維持したままの状態で右足を振り抜く。

思い切りの良いシュート。それなのに安定感もある。矛盾した要素が両立している。

ザシュ！　っと、キーパーが一歩も動けぬままに、ボールがゴールネットに突き刺さった。

滋賀がゴールを決めた瞬間、グラウンドが静まり返った。

誰かが息を飲み込む音すら妙にはっきり聞こえるほどの沈黙。

そして次の瞬間――わあああっ！　と、味方が沸いた。

「おおおおおおっ⁉　マジか⁉」

「あんな無茶なパス、普通、取れねえだろう⁉」

「槍也！　お前、人間じゃねえよ！」

思い思いの褒め言葉を口にしながら、滋賀の元へと駆け寄っていく。彼らのハイタッチに、滋賀も控え目ながら応じている。

ちなみに、アキラはそういうのに慣れていないので近寄らずに眺めているだけだったが、

「あれが滋賀槍也か……」

ポツリと呟いた。まだ、胸の内がざわついていた。

実の所、アキラはこれまで滋賀の実力を見る機会がなかった。

サッカー部の練習なんて見ないし、テレビだって、わざわざガキの（そういうアキラ

も同世代だが……）試合を観るくらいならプロの試合を観る派だった。球技大会でも滋賀はディフェンスに回っていた。

　だから今、初めて滋賀の実力をこの目で見たのだが、ストライカーとしての滋賀は、アキラが滋賀に抱いていた、好青年だがちょっと鬱陶《うっとう》しい、というイメージとは掛け離れていた。凄いとしか言い様がない。

　一体、何が凄かったのかは素人のアキラには上手く説明出来ない。でも、そんな素人にすら、今の滋賀の凄味が十全に伝わってきた。

　今の滋賀なら、日本代表にして、なお特別視されるのも納得できる。

「バケモンだな……」

『だね。最初の一歩で完全にマークを外したしね……それはそうと、アキラ』

「ん？」

『いいパスだったよ！　ナイスアシスト！』

「ああ………お前も、いい指示だったな」

『おう！　アキラが俺を褒《ほ》めた⁉　……大丈夫？　明日は雪じゃない？　帰り道、事故に気をつけた方がいいよ！』

「なんでだよ⁉」

　くるっと向きを変えて、たわいもない話をしながら自軍の陣地に戻っていくアキラとヤマヒコ。

そんな二人は、なんだかんだでサッカー経験の浅い素人だった。

だから二人は、自分たちが一体、何をしたのか、——どれだけの事をしてしまったのかに気付いていなかった。

第五話

sanketsu no
soccer ha
sekai wo yurasu !

ゴールを決めた瞬間、頭が真っ白になった槍也が我に返ったのは、試合が再開されてしばらくしてからの事だった。

いや、正確にはまだ完全に我に返ったわけではない。感情がどこかへ置き去りにされている。

だからなのか、ゴールから今までの記憶が一切ないことも、

——ああ、呆けていたんだな……、

と、冷静に考える事が出来た。

そして、呆けた原因について思いを馳せた。

自分の飛び込みと佐田のラストパス。

——いるんだ……。

あの瞬間、槍也は本気で走った。

何の我慢をする事もなく、何一つ抑える事なく、本能が命ずるままに駆け出した。

――俺の本気に応えてくれる奴が……いるんだ。

正直、槍也の予想以上だった。あの瞬間、槍也と佐田の間に二人、相手チームの選手が壁の様に存在していてアイコンタクトすら出来なかった。それでも槍也は飛び出したし、パスは遅れなかった。佐田が槍也の飛び込みをどうやって察知したのか、槍也には理解が及《およ》ばない。

だが、今のパスが偶々《たまたま》でもまぐれでもない事は、はっきりとわかる。

――凄《すご》い……な。

今のパスを、佐田の隔絶《かくぜつ》した才能を一体どうたとえればいいのか？　自問した槍也だったがすぐに答えが思い浮かんだ。

世界だ。

例えばここが、琴音《ことね》を含めて数人のギャラリーしかいないような田舎《いなか》のグラウンドではなく、観客席がびっしり埋まったスタジアムだったとして――。

例えば、俺やあいつが身に着けているのが、こんな安っぽいオレンジのビブスではなく、日本を代表する、あの青いユニフォームだったとして――。

例えば、相手が、ドイツやイタリア、またはブラジルなど世界の強者だったとしても、きっと俺とあいつなら、その壁をぶち抜ける。

まだ、足りない所が山ほどあることも承知している。

でも、それすら伸びしろにしか見えない。

「ははっ……凄《すげ》えなアイツ」

そう呟《つぶや》いて、佐田に視線を向けた瞬間、麻痺《まひ》していた感情が一気に戻ってきた。

「〰〰〰〰〰〰〰〰っ！」

今度は逆に何も考えられない位に胸が一杯になった。それぐらい嬉《うれ》しかった。

自分の感情を自分の中で抑えきれず、それは笑い声となり、槍也の外へと漏れ出した。

「あはっ！　あははははっ！　あっはははははっ！」

突然、小さく笑い出した槍也に、マークについている河田《かわた》が、何ごとだ？　という目で見てくるが、どうにも止まらない。

自分が全力を出せた事が、自分と同じ場所に立ってくれる奴がいる事が、こんなにも嬉しい。

膝《ひざ》に力を入れて、崩れ落ちない様に踏ん張りながら、笑いの衝動が過ぎ去るのを待ったが、収まるのにたっぷり三十秒近くかかってしまった。

「あ〰〰、笑ったな……」

ようやく平常に戻った槍也に、河田が声をかけてきた。

「おい、大丈夫か？」

「うん。もう大丈夫。唐突にごめん」

「一体、どうしたんだ？」

「ん〰〰、ちょっと世界が見えてさ」

「はあ⁉」

河田が、わけわかんねーよ、という目で見てくるが説明はしなかった。きっとまだ、佐田がどれだけ凄いかを説明しても理解してはくれないだろう。

今は自分だけが知っていればいい、そう思った。

もしかしたらそれは、槍也らしからぬ、一種の独占欲だったのかもしれない。貰《もら》ったお菓子をみんなで分けて食べずに、独り占めするかの様な子供じみた真似。

「佐田、もう一回パスをくれよ」

そう呟いた槍也の顔は、まるで遊園地に入るのを今か今かと待ちわびる子供のそれだった。

＊＊＊＊＊

滋賀《しが》琴音は滋賀槍也の妹であると同時に熱烈なファンでもある。だから兄の試合は、いつでもどこでも、可能な限り応援するのが当たり前だ。

そんな琴音をして、今の槍也は見たことのない顔をしていた。

「兄さんがあんな笑顔を浮かべるなんて……はじめて見ました」

　琴音にはわかる。普段の兄さんの笑顔は、もっと包容力のある、まるで春の日差しの様におおらかな笑顔を浮かべている。たとえるなら、ギリシャ神話の太陽神アポロンこそが兄さんにはふさわしい。

　それが、今はどうだ？　天真爛漫《てんしんらんまん》にして、サッカーを心底楽しんでいる事が伝わってくる笑顔は、まるで北欧神話のトリックスター、ロキを彷彿《ほうふつ》させる様な純真無垢《じゅんしんむく》な表情だ。

　つまり何が言いたいかと言うと、普段とは違った魅力を振りまく兄さんが素敵すぎる。神様と肩を並べる程に素敵すぎる。

　――兄さんが素敵すぎて、心臓が止まってしまいそうです。

　――もし、そうなったら、私の死因は兄さんが素敵すぎるから……という事になるのでしょうか？

　いささか的外れな事を考えていた琴音だが、ふと、

「やっぱり、佐田君は凄い人なのでしょうか？」

と、兄がそうなった原因に目を向けて、――ドキッとした。

「……笑っています」

　びっくりした。

知り合って間もないとはいえ、無茶なお願いを押し付けたとはいえ、これまで愛想笑いの一つすら見せてくれなかった佐田君が笑っているのだ。

兄さんの様な満面の笑みではないし、疲労もありありと浮かんでいる。それでも間違いなく笑っている。

必死にボールを追いかけている姿は、凄く必死で……楽しそうだ。

思わず琴音は、その形のいい眉《まゆ》をひそめた。

「なんですか？　ずーっと、好きじゃないとか、やりたくないとか、後ろ向きな事ばっかり言っていたのに……佐田君。やっぱりサッカー、好きなんじゃないですか？」

なんというか、ちょっと騙《だま》された気分だ。後で一言、言ってあげよう。でも、きっと、無愛想な顔で言い返してくるだろうな……と、予想してしまい、苦笑した。

「もっと笑っていた方が素敵ですのに、損《そん》な人ですね」

その、損な人にボールが回ろうとしていた。

＊＊＊＊＊＊

アキラはトップ下の位置から下がってボールを貰ったが、マークを外せなかったので、後ろにボールを戻した。

再びパスコースを維持するために元の位置に戻る。

「はぁ……はっ……！」

きつい。もう脇腹が痛いなんてレベルをとっくに通り越している。マジできっつい。内臓がひっくり返りそうだ。

『大丈夫、アキラ？　かなりバテてきてるし、ちょっとペースダウンした方が良くない？』

見かねたヤマヒコが気遣う様に言ってきたが、アキラは虚勢《きょせい》を張った。

「いい。まだ同点なんだ。だから、あと一点、取る」

息も絶え絶えだったがはっきりと断言すると、ヤマヒコが感心した様に言った。

『おおう！　珍しく熱血じゃん⁉　……じゃ、もう少しでハーフタイムだから、それまで頑張ろっか！』

「そっ………………」

ヤマヒコから、珍しく熱血とか言われて咄嗟《とっさ》に、そんなんじゃねーよ、と返したくなったが、確かに今のアキラは熱くなっている。

——なんでだろうな？

思わず自問した。

元々、乗り気じゃなかったはずだ。

やる以上はアキラなりに真面目にやる気ではあったが、あくまでアキラなりの真面目だ。

千葉《ちば》に一泡ふかせるのも、さっきのアシストだけで充分だ。

なのに、もういいやって気持ちにちっともならない。さっきの滋賀のシュートが頭から離れない。もう一回やってやろうって、そんな事ばっかり思ってる。

——マジでなんでだ？

もう一度、自問したが、やっぱりその理由はわからなかった。

「まあ、どうでもいいか」

別にアキラは、ちゃんとした理由がなければ動かないタイプの人間ではない。なんとなくでも、やりたい時はやるし、やりたくない時はやらない。そんでもって今は、もう一点取りたいから取りゃいいんだ。

そんな風に思考はすっきりしたが、体の方はそうもいかなかった。

『アキラ、上がれ！　横から来てる！』

ヤマヒコの指示に応えようとするも出足が遅れた。千葉のマークを外せない。

さっきから何気に上手《うま》いウイングは、アキラへのパスを断念して一度ボールを下げた。

アキラも仕切り直す為にポジションを下げる。

「あー、くそ……」

ここ十分ほどセンターラインを挟《はさ》んで、行ったり来たりしているが、どうにも上手くいっていない。体がついて来なくなっている。

ポジショニングとパスだけでボールを回すサッカーは、運動量が激しすぎて運動部でもないアキラには荷が重かった。前半だけでガス欠だ。

——休憩を挟んだら元に戻るか？　んなわけねーよな……。

むしろ、電池が切れたオモチャのようにぷっつりいきそうだ。

なら、まだギリギリ動ける内に、あと一点取っときたい。

そう思って、再びポジションを下げてボールを貰いに行くが、

『無理。前には出せない。ボランチに戻そう』

やっぱり千葉を引き離せなかった。仕方なしにリターンパスでボールを取られることだけは防ごうとしたが、ふと唐突に、

『昔はサッカークラブに入ってたんだろう？　佐田のサッカーを始めるきっかけは何だったのかなって？』

試合前に滋賀がアキラに言った言葉が頭をよぎった。

それだけじゃない。忘れていた、アキラがサッカーを始めた理由までもが、走馬灯のようにふっと湧き上がってきた。

──ああ、そうだ。凄い奴がいたんだ。

アキラにとって、さっきの滋賀と同等か……もしかするとそれ以上に凄えって思える奴が一人だけいた。

そいつを見たのは子供の頃、家族旅行で訪れた、とある旅館のロビーに備えつけられたテレビの中だった。

そいつは日本人じゃなかった。というより、そもそも日本の試合でもなかった。どっかヨーロッパ辺りの、クラブチームの頂点を決める試合、とかなんとか解説が言っていた事は覚えているが、サッカーに詳しくないアキラには、それが何処《どこ》のどういった試合だったのかは、さっぱり分からなかった。もっと言えば興味もなかった。親がチェックアウトやらなんやら、色々やっている間の暇《ひま》つぶしに過ぎなかった。

そんな、ただの暇つぶしが、そいつがボールを持った瞬間、暇つぶしではなくなった。

そいつは、あっという間にマークを置き去りにし、ミドルシュートを放って観客を沸《わ》かせた。沸いたのは観客だけでなくアキラも同様だった。

──凄え！　なんだ、こいつ⁉

たった一プレーでアキラを釘付《くぎづ》けにしたそいつは、それからも、それはそれは凄かった。

フォワードへのスルーパスでゴールチャンスを演出したかと思えば、大胆なサイドチエンジで相手チームを翻弄《ほんろう》した。

グイグイと相手のパスを奪い取ったかと思えば、即座のカウンターが流れる様に決まった。

敵味方合わせて二十二人もの人間が入り交じっているというのに、そいつの上にだけスポットライトが当たってるんじゃないか？　って思うほどにそいつは特別で、

——凄え！　凄え！　次は一体、何をするんだ⁉

と、アキラは無我夢中でそいつに見入ってしまった。チェックアウトを終えた両親が呼んでも、未練たらしくテレビの前から動かず、ずいぶんと愚図《ぐず》ったぐらいだ。

中でも二点目のアシストを決めた時、アキラは喝采《かっさい》を上げた。

ちょうど今みたいに前半終了間近で、今のアキラの様な状況だった。後ろから激しく寄せられて、一度ボールを戻すしかないって状況でそいつは——、

『え？　アキラ？』

急遽《きゅうきょ》、バックパスを止《や》めたアキラにヤマヒコが戸惑《とまど》ったが構わなかった。

足もとに来たボールを利き足で、足払いをかけるかのように払い上げる事で浮かせた。更に今度は右脚を軸に体を回転させ、後ろ回し蹴りの要領で、浮いたボールを左のカカトで蹴り上げて、千葉の頭上を越えさせた。同時に、アキラもまた体の回転を殺さずに、スピンしながら千葉の脇を抜ける。

通り抜ける瞬間、ヤマヒコと違い常人並みの聴覚しか持ち得ないアキラの耳でも、千葉が息を呑《の》むのがはっきりと聞こえた。

『え？　ええっ⁉　アキラ、何やったの⁉』

ヤマヒコが驚きの声を上げたが、むしろアキラの方が、より驚いていた。

——ははっ！

——マジかよ⁉　成功しやがった！

この変則ヒールリフトは、ごく一般的なヒールリフトよりも難易度が低いが、それでも、最初の撥《は》ね上《あ》げの勢いが強すぎても弱すぎても、次の回転にタイミングが合わなくて上手くいかない。カカトでの撥ね上げに至っては、スカッと空振りや、明後日《あさって》の方向へと飛んでいく事も多かった。当時の成功率は百に二つか三つ、しかも相手がいない時に限った話だった。

——そりゃ、コーチからもチームメイトからも止めろって言われるよ。

今ならわかる。そもそもヒールリフトは難易度が高く成功率が悪い。意表を突かなきゃ、まず成功しない。

そんな効率の悪い技にこだわって、それぱっかやっているアホがいれば、まず基本から始めろ、そう指導されるのは、ごく真《ま》っ当《とう》な話だ。

ましてや、そんな有《あ》り難《がた》い助言なのに一切聞く耳を持たず、ひたすらに変則ヒールリフトだけを繰り返していた当時のアキラが、周りと上手くいかなかったのは自業自得としか言い様がない。

――そりゃ、１００パー俺が悪いさ。

――でも……。

ただ、ひたすらにそいつの真似に没頭してしまう位に、そいつは最高にかっこよかった。

名前も知らない海の向こうの背番号７番は、間違いなく当時のアキラのヒーローだった。

もう五年も前の話で、ずっと記憶の隅《すみ》でホコリを被《かぶ》っていて、普段、思い出す事もなかったのに、一度、思い出せば当時の気持ちが鮮明に蘇《よみがえ》ってきた。

――成功させたい。

浮かせたボールの落下地点に走り込みながら、そう強く思った。

この場合の成功とは、ただ単に技を成功させる、という意味じゃない。

そうじゃなく、点を入れたい。

サッカーは相手より点を多く取った方が勝つゲームで、色んなフェイントやパスも、最終的にはゴールを決めるためのものだ。

だから、

『アキラ！　滋賀君が動いてる！　チャンスだよ！』

そう告げられた時、ぐっと拳《こぶし》を握《にぎ》り締《し》めた。

ヤマヒコ、お前、偉い。そんでもって——、

「どこだ⁉　どこに蹴りゃいい？」

『真《ま》っ直《す》ぐ正面！　ゴールに向かって、ディフェンスの間をぶった斬れ！』

その言葉に、チラッとボールから目を離して正面を見ると、確かにキーパーの手前にスペースが空いていて、そこに向かって滋賀が斜めに走っていた。

「はっ、ははは！」

つい、笑い声が漏れた。ホントにあいつはマジで凄え。

その凄え奴に向けて、落ちてきたボールをダイレクトで蹴り出した……のだが高く浮いた。

「げっ！」

蹴った瞬間、ミスキックだと悟った。

ボールが浮いていたからか、疲労が溜《た》まっていたからか、そもそもの技量が足りていないのか、何にせよ勢いが強すぎる。

このままだと放物線を描くボールは、ワンバウンドかツーバウンドしてから、キーパーの手の内に収まって終わる。

――ちくしょうがっ！

後悔の嵐が一瞬で体中を駆け巡ったが、既にボールを蹴り出した以上はどうしようもない。

もはやアキラに出来る事は何もない。

だから、あとは、

「滋賀〰〰〰〰っ！！！」

と、日本が誇るストライカーに託《たく》すしかなかった。

＊＊＊＊＊＊

――きっついな……。

それが佐田からラストパスを託された槍也が真っ先に抱いた感想だった。

自分のスピードはちゃんと自分で把握している、どう考えても追いつくのには無理がある。

けれど、そんな冷静な判断とは裏腹に、体の方は、限界ギリギリまで力を振り絞っている。

――でも、絶対になんとかしないと！

そう思うのは、全力でプレーしてくれた佐田に、同じく全力で応えたいからだ。

まさか一回転半ヒールトリックが出てくるとは夢にも思わなかった。槍也が佐田をみんなに説明した時に、ロアッソ＝バジルにたとえたのは間違っていなかった訳だ。自分の勘は常に正しい。

佐田はやっぱり凄い。

何が凄いって、あの大技の最中で空いたスペースや槍也の飛び込みを、ちゃんと把握しているのが一番凄い。

そして、そんな佐田の本気にはゴールで応えたい。それが槍也のストライカーとしての矜持《きょうじ》だ。これを外したらストライカーを名乗れないとすら思う。

「はっ！」

フィールドの真ん中からゴールに向けて放たれたボールに、マークを振り切った滋賀は斜めに飛びついた。

一切の躊躇《ちゅうちょ》もなく、後先も考えない、捨て身のジャンプ。

思いっきり伸ばした足は、槍也から逃げていこうとするボールに、辛《かろ》うじて爪先だけが当たった。

――よし！

刹那《せつな》の瞬間、槍也は笑った。槍也なら爪先だけでも充分だ。そのまま、全身の力を爪先に集約して、ボールを真上に撥ね上げた。

「うわっ！」

無茶な飛び込みの上にアクロバティックな動きを重ねた事で、体のバランスを崩し、うつ伏せの形で地面に落下した。その端整な顔やユニフォームが土にまみれたが、気にも留めずに上体を起こして、

「ぺっ！」

と、口の中に入った土を吐き出しながらボールを探す。

振り切ったマークが追いついてくる様子や、ボールをクリアしようと前に出てくるキーパーの姿も目に入って、もたもたしていられない。

――どこだ……あった！

ふんわりと落下してくるボールは、存外、近くに落ちてくる。

今、槍也が一番ボールに近い。そう悟った瞬間、既に体が動いていた。

体を捻《ひね》りながら、寝転んだ状態から跳ね起きて、再びボールに飛びついた。

螺旋《らせん》を描く様な左のジャンピングボレー。確かな手ごたえを感じた。

蹴り出されたボールは、前に出てきたキーパーの横を抜けてゴールネットに突き刺さった。

再び、歓声が上がった。

「ナイス、ゴ――――ル――――ッ！」

「槍也！　お前、神ってる！　もう、これがワールドクラスか⁉　って感じだよ！」

今回のゴールは、頭が真っ白になっていた前回と違って、みんなの賞賛も比較的冷静に受け止められた。

そして、

「いやいや、今回はラストパスも凄かっただろ？」

という言葉に反応する様に、ラストパスをくれた佐田を探した。

すぐに見つかった。

佐田はラストパスをくれた場所から動いていなかった。何やら呆然《ぼうぜん》とした感じでコチラを見ている。まるで、さっきの槍也の様だ。

そんな佐田と目が合った瞬間、途方もない感情が湧き上がってきた。

喜び。賞賛。感心。達成感。期待。――色々と混じり合いすぎて、どんな感情なのか上手く表現出来ないが、でもとにかく凄い。

その感情に押されるままに、ボケッと立ち尽くした佐田に駆け寄ると、思いっきり抱き締めた。

そして万感《ばんかん》を込めて言う。

「佐田！　お前は凄いよ！　本当に天才だよ！」

確信があった。きっとこいつはサッカーをやるために生まれてきた、サッカーの申し子だ。

そのサッカーの申し子は、槍也に抱き締められた事で我に返って叫んだ。

「おい！　こら、離せ！　抱きつくな！　はーなーせー！」

サッカーでは得点を決めた時に抱き合う、いわゆるハグ行為は珍しくもなんともないのだが、佐田には馴染《なじ》みがないのだろう。

サッカーへの経験の浅さを感じる。

だが、それは槍也を失望させない。

むしろ、研磨される前のダイヤモンドの原石を想像して槍也は笑った。

パッと手を離して、改めて右手を挙げた。

「佐田、ナイスパス！　あと、ヒールトリックも凄かったよ！」

「…………おう」

佐田は、また抱き付かれるんじゃないかと警戒しながらも、槍也に合わせて右手を挙げてくれた。

パン！　――乾いた音がフィールドに響いた。

【ジュニア時代、滋賀《しが》槍也《そうや》選手と同じサッカークラブだった、千葉《ちば》竹春《たけはる》さんのインタビュー】


「え？……つまり、千葉さんが佐田《さだ》選手とサッカーをして、同じボランチとしての才能の違いに絶望してサッカーを引退したという逸話《いつわ》は嘘なんですか？」

「ええ、まあ。……今だから言えることなんですが、僕は中学のサッカー部を引退した時にサッカーを辞める決心をしまして、実は佐田選手は関係ないんですよ。……というか、そもそも、あの試合で佐田選手はトップ下やってましたから……」

「そうなんですか…………でも、そうなると何故《なぜ》、プロ確実と言われた程の実力を持つ千葉さんが、サッカーを引退してお笑い芸人の道に？」

「いや、それも事実と違いがあって……はっきり言って僕のサッカーの実力なんて凡人中の凡人ですよ。サッカーを引退したのは、ただ単に下手だったからです」

「それも嘘なんですか……」

「嘘というより噂《うわさ》に尾ひれがついた形でしたね。僕だって佐田選手との話し合いがあんな風に広まるなんて予想もしてなかったですから」

「そこのところの事情をお聞きするわけにはいきませんか？」

「そうですね。ずいぶん時間も経《た》ちましたし、ちょうどいい機会なので順を追って話しましょうか。……まず、あの話し合いに至るまでの流れなんですが、さっきも言いましたが僕はサッカーは中学で引退して、高校では普通の青春を送ったんです。……普通と言うと語弊《ごへい》があるかもしれないですね。まるでサッカー部が普通じゃないかの様に聞こえますから。ただ、サッカー部に限らず運動部は、放課後も休日も部活を中心に回るじゃないですか？　そうじゃない……いわゆるユルい学生生活を満喫してました。今振り返ってみても、あの頃は楽しかったですね」

「サッカーを遠ざけるも、何をやっても虚無感《きよむかん》が付《つ》き纏《まと》った学生生活、ではなかったのですね？」

「なかったのですよ。……とまあ、そんな感じで三年間過ごしたんですが、その後の進路を考えた時、じゃあ、お笑い芸人になって、ひと山当ててやろうかって思ったんですよね。——僕、しゃべり、上手《うま》かったですし、場の空気も読めましたし、文化祭のクラスの出し物でコントやったらウケましたし、大学行ってサラリーマンやるよりは面白そうで、僕に向いてる気がしたんですよ」

「……文化祭の出し物でみんなを笑顔にした時に、灰色の世界が輝いて進むべき道を見《み》出《いだ》した、わけでもなかったのですね？」

「いや、もうわかって聞いているでしょう⁉　なかったんですよ！　まるっきり嘘ってわけでもないけど、少し誇張したんですよ！　……というか詳しいですね？」

「それは、まあ……サッカー好きには有名な逸話ですから。……正直なところ、千葉さんには申し訳ないのですが、私この逸話好きでして、今かなりショックを受けてる最中です」

「それは何というか……すいません」

「いえ、そういった真実に切り込んでいくのも、この仕事の醍醐味《だいごみ》なので……どうぞ、続きをお願いします」

「わかりました。……それで、どこまで話しましたっけ？　……ああそう、高校を卒業したあとですね。僕はお笑い芸人になるために芸能プロダクションに所属したんですけど、やっぱりプロの世界は甘くなくて苦労しました。テレビ出演なんて夢のまた夢。ちっちゃなライブ会場で芸をして、ギャラもあってないようなもんだからアルバイトして、家賃を浮かせるために仲間の梅助《うめすけ》と松夫《まつお》と狭《せま》いアパートで共同生活。……僕、今でも、もやしを使った料理に関しては、プロの料理人並みの腕前持ってるって自信ありますよ」

「お笑い芸人の下積み時代は過酷《かこく》、というお話はよく聞きますが、千葉さんも例に漏《も》れず大変だったんですね」

「ええ、それに関しては自信を持って言えます。……そんな下積みが四年以上続いて、僕が二十二の頃かな、ちょうど、あの三人が三傑《さんけつ》、なんて呼ばれ始めた頃なんですけど、槍《そう》……いえ、滋賀選手とは元チームメイトだったから、僕も当時の日本代表の試合はテレビでよく観てたんですよ——それでテレビは一台しかないから、共同生活してる二人とはよくチャンネル争いしましたけど、僕ら、みんなサッカー経験者だったんで、日本代表の試合だけは喧嘩《けんか》せずにすみました。一人一本だけビール用意して、もやしのおつまみ食べながらワイワイと……あの時代の日本代表は、強かった上に華もあったから見てて楽しかったたですね」

「ええ、確かにそうでした。……因《ちな》みに千葉さんは、あの三人の中ではだれが一番好きでしたか？」

「やっぱり滋賀選手ですね。友人だからというのもありますけど、滋賀選手のゴールは本当にスカッとして、僕も頑張ろうって勇気貰《もら》いましたから」

「ああ、わかります」

「まあ、そんなわけで僕らサッカー大好きだったんで、試合が終わった後なんかは、あの三人についてよく語り合ったんですけど……ある日、梅助が滋賀選手のモノマネをしたんですよ」

「それは、また何故？」

「うーん……特に理由はなかったんですけど、しいて言えば梅助も滋賀選手の大ファンだったからですかね。で、それがまた妙にハマってたんですよ。滋賀選手だってわかるけど、まるっきり似てるわけでもない。まるで爽《さわ》やかさのない滋賀選手みたいで、僕と松夫は大爆笑しました。それで、また松夫が悪ノリして緋桜《ひざくら》選手のモノマネで返したもんですから、じゃあ、僕は佐田選手のモノマネしよっかって、色々と盛り上がっちゃって、最後には誰が一番似てるかを競い合ったんですよ」

「面白そうですね。それがきっかけでしたか？」

「そうですね。その日は笑い合っておしまいだったんですけど、後日『あれ？　これネタにしたらウケるんじゃないか？』って思いまして、ちょっと試してみたら、お客さんの反応良くて『これはイケる！』そう思って、グループ名をお笑い三傑にして再スタートしました。……したら、ホントにドッカンとウケまして、色んな所から呼ばれる様になって、テレビからも呼ばれて『俺らブレイクするんじゃね？　時代、来たんじゃねえの⁉』って絶好調だったんですけど……えらい落とし穴が待ち受けてました。――どっかの記者が、よりにもよって佐田選手に『今、テレビで貴方《あなた》たちのモノマネをしているお笑いグループがいるんですけど、どう思いますか？　面白くないですか？』って聞いたんですよ。そんなん、あの男が、面白いです……なんて答えるはずがないのに」

「あー、ですよねぇ……それで、佐田選手は何と答えたんですか？」

「確か『あ？　見ず知らずの奴にモノマネされて何が面白いんだ？』って不機嫌感バリバリでした。したら、そのインタビューの後、苦情が事務所に届いたんですよ。『モノマネされる側が不快に思ってるんだから、今すぐやめろ』とか『お前たちが原因で佐田が調子崩して日本が負けたら、どう責任を取るんだ？』といった意見がわんさか届いて、冗談抜きで僕ら廃業の危機に立たされましたわ」

「それはご愁傷様《しゅうしょうさま》でした……ところで、見ず知らず、という事は佐田選手は千葉さんの事は覚えていなかったのですか？」

「ええ。これは後で滋賀選手から聞いた話なんですけど、滋賀選手から言われるまで思いっきり忘れていたそうです。……まあ、仮に覚えていたとしても、同じこと言ったと思いますけど……」

「でしょうね……それで、千葉さんたちはどうしました？」

「大人しく廃業する気はなかったんで、子供の頃のよしみで滋賀選手にお願いして、佐田選手からモノマネの了承を得るために、佐田選手に会わせてもらったんですよ」

「滋賀選手はモノマネされることについて、不快には思っていなかったんですか？」

「ええ。『俺も観たけど面白いよ！　これからも応援するよ』って言ってくれました。ホント、懐《ふところ》の深い奴で……あの記者も滋賀選手の方か、せめて緋桜選手の方に取材してくれれば良かったんですけどね……」

「緋桜選手も応援してくれたんですか？」

「うーん……応援というよりは不干渉《ふかんしょう》でした。これも滋賀選手から聞いた話なんですけど、緋桜選手は、別に構わない、気にしてないって感じのスタンスだったんで、僕らとしては、それで全然助かりました。——だから、後は佐田選手の了承があれば良かったんですけど……いや、大変でした。とにかく俺は気にくわないの一点張りでしたから」

「というと？」

「別に佐田選手本人が事務所に苦情入れたり、僕らにモノマネをやめろとは言って来なかったんですよ。『やりたきゃ勝手にやれ。でも、それをどう思うかは俺の自由だし、おたくらの都合に合わせる義理もない』……でしたかね」

「やりたきゃ勝手にやれ……ですか。佐田選手らしいですね。でもそれじゃあ世間が納得してくれないでしょう？」

「そうなんですよ。僕らがモノマネを続けるには佐田選手の了承が必要でした。やりたきゃ勝手にやれ、ではなく、やっていいよ、って言って貰わなきゃならなかったんです。

でも、どんだけ話し合っても、お互いの意見は平行線のままでした。——このままじゃどうにもならない、そう悟って、とっさに路線を切り替えて、僕が、どれだけお笑いを愛してるかを佐田選手に語ったんですよ。理屈じゃなく、お笑いに対する熱意を見せるべきだって……その中でつい、佐田選手と試合をしてから僕はサッカーを諦めたとか、生きる道の見出せない高校生活とか、文化祭で漫才をやって世界が輝いたとか……ちょっと誇張した事を言ってしまったんです」

「え？　ちょっと……ですか？」

「いや、僕ら三人の人生が懸《か》かっていたんですよ！　ここでしくじったら、三食もやしごはんに逆戻りだったんですよ！　——ここが僕の人生の分岐点だって腹をくって、お笑い芸人になってから磨《みが》いたしゃべりの全てを込めた、魂のトークだったんです」

「それで説得に成功したんですか？」

「ええ。佐田選手が折れてくれた時は、椅子に座ってたのに、思わず腰が抜けてしまいました」

「おつかれ様でした」

「いや、本当に大変でしたね。——それで佐田選手の了承を得て、お笑い三傑を続けたんですけど、いつの間にか、その時の話が広がっていたんですよ。きっと梅助と松夫が話したんでしょうが、広まるにつれて更に誇張されたんです。多分、そこいらの凡人やったら、佐田伝説のお相手としては力不足だったんでしょうね。最終的には、僕は将来プロサッカー選手になること間違いなしの逸材だったけど、当時、ど素人《しろうと》だった佐田のプレーを見て、あまりの才能の違いに絶望してサッカーを引退した……っていう話になってました」

「噂を否定したりは、しなかったんですか？」

「僕の話もちょっと誇張したもんやったから、下手に否定すると、やぶ蛇になりそうで。……それに中学の頃から佐田が凄《すご》かったのは本当ですよ。あん時の佐田のプレーは忘れられません。あいつがサッカーで頭角を現してきた時も、驚くよりも納得しました。あ、あいつならそうなるよなって」

「なるほど……因みに千葉さんは、佐田選手についてはどう思っていたんですか？　お話を聞く限り、佐田選手に憧れたから佐田選手のモノマネをしたわけでもないですよね？」

「そうですね。そういうわけでもなかったし……うーん…………悔しいけどカッコいい、ってのが本音ですかね」

「悔しいけどカッコいい、ですか？」

「はい。……僕、佐田選手と三回、顔を合わせた事があるんですけど、相性が悪いのか何なのか、仲良くやれたためしがないんですよ。最初は素人のクセにムカつく奴だと思いましたし、二回目の話し合いも色々言われましたし、三回目も、まあ……うん……。とにかく、噛《か》み合《あ》わない相手なんですけど、フィールドの上に立っている佐田選手は、やっぱりカッコいいと思いますね。——あいつ、王様だったじゃないですか？　ちょっとアレですけど……というか、かなりアレですけど……でも代表戦、相手がどんな守備陣形を敷いていても、自由気ままに敵陣を崩してラストパスに繋《つな》げるんですよ。——僕はさっきも言った様に滋賀選手のファンなんですけど、その滋賀選手が一番凄い時って、決まって佐田選手のラストパスを貰った時ですから」

「ああ、確かにそうでした」

「偉そうだし、わがままだし、何なら、ちょっと傲慢《ごうまん》ですよね？　でも、あれくらい破《は》天荒《てんこう》な王様がいた方が観る分には面白いし、視聴率も稼げるんだろうな……って、常々思ってましたね」

「ぷっ⁉　……視聴率ですか？」

「まあ、僕テレビの人間なんで、どうしてもそういう目線が入ってしまうというか……実際、当時の代表戦の視聴率は凄いものがありましたよ。——とある番組の収録の時の話なんですけど……テレビのスタッフさんに『今回の放送は、サッカー日本代表戦と被《かぶ》って誰も観ないから、とっておきのネタはやめた方がいい』なんて忠告された事すらありましたから……テレビのスタッフですよ？　お前、視聴率を上げる気はないのかって、突っ込み所、満載でしたよ」

「それで、千葉さんたちはどうしたんですか？」

「それはもう――そん時はおとなしく諦めて、実際の放送の時は僕ら三人、ビール片手にサッカー日本代表を応援してました」

「千葉さん……視聴率を上げる気はなかったんですか？」

「いや、本物には勝てませんて！　無理！　勝負にもなりません！　僕らがモノマネで人気出たのも、本物がよりとんでもない人気を誇っていたからですし……そういう意味では、僕らが一番、あの三人に活躍して欲しかったんだと思いますね」

「なるほど……色々と話して頂き、ありがとうございました」


今回の取材対象である千葉竹春さんは、二十代の頃、お笑い三傑のひとりとしてブレイク。その後も幅広く活動を続け、最近では、サスペンスドラマ『完全犯罪』の上杉《うえすぎ》弥《や》彦《ひこ》役として活躍している。

未来のコラム　～天才たちの出会い～

＊＊＊＊＊＊

アキラは見渡す限り人の海、超満員のスタジアムでボールを蹴っていた。誰かが何かをするたびに、歓声がスタジアムを包み込むように広がっていく。

そんな中、センターラインを越えてドリブルで上がっていくと、巨漢の相手選手が立《た》ち塞《ふさ》がって激しいボールの奪い合いが始まった。

アキラが猛牛のような突進をひらりひらりとかわしてみせると、観客が歓声を上げた。

そんな観客の後押しに乗ったアキラが軽やかに相手を抜くと、前線で槍也がディフェンスラインの裏へと走り出す。

それに間髪入《かんはつい》れずにパスを放った。

放たれたパスは相手ディフェンスの隙間を駆け抜けて行き、きっちりと滋賀の元へと到着、滋賀はダイレクトでゴールに向かって蹴り出して得点を決めた。

ドッ！　と、先程よりも遥《はる》かに大きな歓声が上がった。

観客全員が総立ちで、エールを送っている。

沸いているのは観客だけではない。槍也が満面の笑みでアキラの元へと駆け寄ってきた。

「佐田～～～～！」

あ、やばい。と思ったアキラはとっさに右手を突き出して、槍也のハグを止めた。

「どうしたんだ？」

心底不思議そうな顔をする槍也に言い聞かせるように告げた。

「いいか、俺は男に抱きつかれて喜ぶ趣味はねえ！」

そう、はっきりと言うと、

「なら、女の子である私が抱きつくのは構いませんよね？」

いつの間にか側《そば》にいた琴音《ことね》が、アキラに抱きついてきた。

「えっ？」

首に手を回して、アキラに体重を預けてくる琴音。

そのままの姿勢でアキラを見上げてきて、

「かっこよかったですよ、佐田君」

「ああ……おう……でも今、試合中だし……」

「いいじゃないですか、そんなこと……」

いたずらっぽい口調だった。更にからかうように、後ろに回した手の平で、アキラの背中をさすってくる。

思いっきり遊ばれている。

普段の印象とはまるで違う琴音に戸惑《とまど》っていると、琴音は更に指先を伸ばして、アキラの耳元に唇《くちびる》を寄せ、囁《ささや》くようにアキラの名前を呼んだ。

「佐田君……起きて下さい」

そう言われた瞬間、世界が壊れた。

＊＊＊＊＊

「佐田君……起きて下さい」

その言葉と共に肩を叩《たた》かれたアキラが、はっと目を覚ますとそこは見知らぬ場所だった。しかも何故か、ガタンゴトンと地面が揺れている。

「ん……ん？」

ちょっと状況が摑《つか》めず戸惑っていると、再度、肩を叩かれた。首を回してそちらの方を向くと、滋賀琴音が普段と変わらぬ、すまし顔を浮かべていた。

「おはようございます。もうすぐ駅に着きますよ」

その言葉で寝ぼけた頭が急速に回り出した。

そうだった。今日は滋賀兄妹《きょうだい》に引きつれられて、わざわざ静岡までサッカーをしに行ったんだった。そんで、なんでかテンションが上がった結果、ペース配分も考えずに飛ばしてしまい、最後はヘロヘロになり、帰りの電車に乗った途端《とたん》に睡魔が襲ってきた。

それから――、

「あー……」

アキラが、ため息なのか何なのかよくわからない声を上げると、琴音が律儀に問いかけてきた。

「どうかしました？」

「いや、なんか凄《すげ》え変な夢を見たような気がするんだけど……」

「けど？」

「さっぱり内容が思い出せねえ」

アキラが正直に言うと、琴音はクスッと笑った。

「夢ってそういうものですよね。……さ、そろそろ行きましょう。じゃないと乗り過ごしてしまいますよ」

そう言って琴音は座席から立ち上がった。見れば槍也も既に立ち上がっていて、頭上の荷物棚からスポーツバッグを下ろしている。

俺も行くか――と、立ち上がろうとしたアキラだが、足がピキッと引きつった。これは間違いなく……、

「明日は、絶対に筋肉痛だな……」

アキラはぼやきながらも、再び足に力を入れた。

まもなく電車は目的地へと到着し、さして混み合うこともなく改札を抜け、アキラたちは駅前へと降り立った。

見知った景色になんとなく安心する。

いや、大変な一日だった。

疲れきったアキラは、とっとと帰って布団でごろ寝したい。なので、

「じゃあ、おつかれ」

そう別れの挨拶を交わして駐輪場に自転車を取りに向かった。

しかしヤマヒコが、

『ちょ、待った！　もっといい感じの別れかたはないの⁉　さっぱりしすぎだよ！』

なんてわけのわからん事を言い出したが、感動的な別れなら、さっき、そこの兄妹がやっていたからそれでいいだろう。大体、同じ学校に通っているんだから、気合いを入れてお別れする必要もまるでない。

──まあ、もう関わる事もないだろうけど……。

そんな事を考えながらも、足は止めず駐輪場に向かっていたが、

「待った！　まだ大事な話をしてないよ！」

と、槍也に腕を摑まれた。どうやら、この兄妹はアキラを引き止めるのが、よっぽど

好きらしい。

「なんだよ？」

振り返ったアキラの質問に、槍也は真顔で言った。

「佐田、俺とサッカーをやらないか？」

ピキッ！　――イラッとしたアキラは早口でまくし立てた。

「そう言って、てめえとてめえの妹がしつこいから中学三年、受験を控えた今の時期に、一日潰《つぶ》して静岡でサッカーやってきたんだが、この上、まだサッカーをやれと？」

不機嫌さを隠す気もないアキラに、槍也は慌てて首を振った。

「違う違う！　ごめん、今の話じゃないんだ！　受験が終わってからの話だよ！」

「ん？　受験が終わってから？」

首を傾《かし》げるアキラに、槍也は頷《うなず》いた。

「そう。受験が終わって高校に入ったら佐田はサッカー部に入るべきだと思う。絶対に向いてる。凄い才能持ってる。今日の試合は本当に凄かった」

「……んなこと言われても、後半ヘロヘロで置物だったぞ、俺」

「大丈夫。体力はこれから鍛《きた》えてつければいい」

「お前……凄いこと要求するな」

今、槍也は簡単に言ってくれたが、仮に本当に体力をつけるなら、日々の継続したトレーニングが必要不可欠で、ありていに言ってキツいし他人に言われてやるものでもない。

アキラはきっぱりと自分の意思を伝えた。

「無理。サッカー部にも入んねぇし鍛えもしない。……だいたい、お前、東京に行くんだろ？　もし俺がサッカーを始めたとしても一緒にサッカーやる機会なんてねぇだろ？」

「あるよ！　俺たちが一緒にサッカーやる機会がきっとある！」

「ああ？　どこに？」

「日本代表」

その短い言葉は、あまりにもアキラの意表を突いていて、つい、ぽかんとした間抜け面《づら》を浮かべてしまった。

一方、槍也はここが正念場だとばかりに力を込めて話し始めた。

「さっきも言ったけど佐田、お前は本当に凄いんだ。視野の広さとパスセンスでお前以上の選手を見たことないよ。そんなお前が本格的にサッカーを始めたら、もっともっと凄くなる。きっと、他の誰よりも特別になる」

アキラが本格的にサッカーを始めて成長した姿。槍也は、その姿を想像しただけで胸が躍る。

「俺もさ、もっと凄くなるよ。もっともっと。この国の誰からも、滋賀槍也こそが日本のエースストライカーだって言われるぐらいの凄い奴に俺はなるよ」

今でも将来有望、日本サッカーの救世主とまで呼ばれているが、それでも満足はしていなかった。

もっと上手くなりたい。もっと凄くなりたい。

槍也は、サッカーに対してはどこまでも貪欲《どんよく》だ。だからこそ、

「でさ、凄いお前と凄い俺が日本代表で同じチームになればさ、世界のもの凄い奴らとも戦えるよ。きっととんでもない事になる。……だからさ、サッカー始めてみないか？」

まるで夢物語の様な話を本気も本気、何一つ偽ることなく告げた。槍也にはアキラが必要なのだ。

そして、その話を聞いたアキラはといえば——ぽかんと口を開けたまましばらくの間、固まっていた。『うはー！』とか『ひょわー』とか、意味不明なはしゃぎ方をしているヤマヒコの声も右から左へ素通りだ。

が、やがて、

「それは……面白そうだな……」

と、ポツリと言った。言ってしまった。

その呟《つぶや》きを聞いた槍也が「だろっ？」って顔で期待してくるので、慌てて「いや、ち

ょっと待て！」と、牽制《けんせい》したのだが、でも楽しそうだと思った事自体は本心だ。

そう思ったのはきっと今日の試合の影響だろう。

元々は乗り気じゃなかったし、いざやってみたら大変だったたし、走り回ったせいでめちゃくちゃ疲れたが、でもやって良かったと感じた瞬間も確かにあった。

特に、あの前半終了間際の二点目。あれは本当に良かった。それこそ、感動したと言ってもいい。自分たちと、槍也の能力がきっちりと嚙み合った時のあの爽快感と高揚感。

あれがもし、世界を舞台に、凄い奴を相手に成功したのなら、その時自分はどんな景色を見ているのか？　何を感じているのか？

槍也の言葉で、アキラはつい、そんな未来を想像してしまった。

だが……、

「滋賀……やっぱり、俺はサッカーはやらない」

それが、冷静になったアキラの答えだった。

「……っ！」

アキラの答えにショックを受けた槍也が、それはそれは悲しそうな顔をしたが、でもやっぱりアキラには無理だ。

――日本代表が褒めてくれたから、今まで碌《ろく》にサッカーした事ないけど、明日から日本代表目指すぜ！

そんな風に考えられるほど、アキラの思考回路はぶっ飛んではいない。

一瞬、夢を見たが、ちょっと考えればすぐにわかる。自分が日本代表になるなんてあり得ない……のだが、槍也にとってはアキラがサッカーをやらない事が受け入れられない。

はいそーですか、と引かずに食い下がった。

「佐田は、サッカーが嫌いか？」

アキラは、この質問はちょっとずるいだろう……と思いはしたが、珍しくも自分の考えを、ありのままに伝える事にした。まっすぐ自分にぶつかってくる槍也に、思う所があったからだ。

「サッカーは好きだな。観るのは好きだし、やるのも……まあ好きだ。今日だって色々めんどくさくはあったけど、サッカー自体は楽しかった」

「だったら！」

「待て。……確かに楽しかったけど、でもサッカーが好きなこととサッカー部に入ることとは全然別な話だ。第一、俺、もう十五だぜ？　本格的にサッカーを始めるには遅すぎるだろ？」

「そんなことはない！　佐田なら全然遅くないよ！　やればわかるって！」

「……いや、そうは言われてもな……そもそも筋トレにせよ何にせよ、サッカーの練習って大変だろ？　三日坊主……とは言わんが、途中でリタイアするかもだぜ？　実際、一回サッカー辞めたしな」

　やりもしない内から失敗する未来を考えるなんて、いささかみっともなく思えるが、でもそれがアキラの本心だった。

　辛《つら》い練習をやりきる自信はないし、サッカー部に入ってもチームメイトと上手くいかないだろうという気もしてる。特に後者に関してはサッカーというチームスポーツでは致命的だ。

　だが槍也は、

「大丈夫だよ！」

　と、自信満々に言ってのけた。

「俺だって練習をやりたくないって思う時も、サッカーが辛いって思う時もあるよ。でも、そんな気持ちに勝つ方法が、ちゃんとあるよ！　――そんな時は仲間に頼って、一緒に頑張れば簡単に乗り越えられるんだ」

　そのシンプルすぎる解決策は、スポーツマンらしくはあるが、アキラにとっては何の参考にもならなかった。

「へー、そいつは凄い。でも俺には無理だわ。それじゃな」

　再び別れの挨拶を言って帰ろうとしたのだが、再び腕を掴まれて引き止められる。

「いや、ほんとだって！」

「わかった、わかった。お前は凄い。応援してやるから頑張ってくれ」

「いや、佐田も頑張ろうぜ⁉」

それからも、結構激しい言い争いが続いたのだが、どこまでいってもアキラと槍也の意見は平行線だったので、アキラはアプローチの仕方を変えた。

「お前は俺を買い被りすぎだと思うんだが……まあ、百歩譲って、俺が凄いサッカー選手になったとして、やっぱり代表は無理だ」

というアキラの言葉を槍也は即座に否定しようとしたが、アキラは身振りで「まあ、聞け」と促した。

槍也は大人しく耳を傾けたので、話を続けた。

「滋賀の言う日本代表ってU-18とか19とか十代中心のやつだよな？　そんなのに選ばれるには、たぶん全国大会とかで活躍して、お偉いさんにアピールする必要があるよな？」

アキラの問いかけに、槍也はコクリと頷いた。代表の正確な選考基準など知る由《よし》もないが、概《おおむ》ね間違ってはいないと思う。少なくとも全国大会で活躍すれば、多くの注目を集めることは間違いない。

「でも、俺が受験する天秤《てんびん》高校は特にスポーツに力を入れているわけでもない、ごく普通の公立高校だぞ？　そんな高校のサッカー部で、サッカーの上手い奴が集まってガチで鍛える強豪校に勝てるか？　……きっと全国で活躍どころか地区大会を勝ち抜くのも無理だ」

サッカーはチームスポーツであり、もしアキラがとんでもなくサッカーが上手くなったとしても11分の1でしかない。

「おまけに神奈川は結構な激戦区らしいじゃん？　なら、なおさら無理だ。因みに俺は、どんなに上手くなっても二、三回戦負けがせいぜいって気がしてるけど……」

そこら辺どうなんだ？　滋賀の方が詳しいだろ？　とアキラから問われて、これまでの話し合いを通して初めて槍也は言葉に詰まった。

「それは……まあ……」

歯切れの悪いセリフは、アキラの言葉を遠回しに肯定していた。

最終的には東京の学校へと進学する事に決めたとはいえ、その前は地元、神奈川の強豪校の幾つかにも見学に行ったことがあり、その実力は知っている。

仮に佐田が槍也の望む実力をつけたとしても、高い水準で質の揃った強豪校に勝つ確率は低いだろう。たった一人のプレーヤーで試合がひっくり返るほど、神奈川のレベルは低くない。

「な？　無理だろ？　三回戦負けの公立高校を見に来るお偉いさんなんていないって

……。かといって何の実績もない俺が、今から強豪校に入れる訳もねーし……やっぱり、もう遅すぎるんだって。ウサギと亀は、亀が勝つもんだ」

だから、変な夢を見ないで諦めろ。——暗にそう示唆《しさ》するアキラだったが、槍也は諦められなかった。

苦しまぎれの様に案を絞り出すが、

「……一般入試で強豪校に入ったらどうかな？」

「ねーよ！　俺はお前と違ってサッカーを基準にして進学先を決めるわけじゃない」

「なら、この際代表は置いといて、まずサッカー部に入るだけでもいいんじゃないか？　きっと楽しいよ？」

「それで地区大会には負けたけど、俺たち頑張ったよなって、チームメイトと笑って慰め合うのか？　そんなのゴメンだ」

「なら……それなら…………」

そこで、槍也は口を閉ざしてうなだれた。もうアキラを説得する手段が思いつかない。

うなだれた槍也に、それまで一歩離れた距離で二人のやりとりを見ていた琴音が心配そうに駆け寄る。

アキラは、そんな槍也の様子に、ほんの少しだけ胸が痛んだが表情には出さなかった。どだい住む世界が違うのだ。

佐田

「それじゃあな……」

三度目の別れの挨拶に返事は返って来なかったが、アキラは構わずに歩き出した。

＊＊＊＊＊

槍也は家に帰ってからも、ずっと眉間にシワを寄せながら考え込んでいた。

夕食後、もうかれこれ何時間もソファーの上から微動だにしていない。

「兄さん。もうそろそろお風呂に入った方がいいですよ」

「うん。……ごめん。もうちょっと後にするよ」

心配する琴音にも上の空だ。さっきからずっと頭の中を巡っているのは佐田の事だった。

――あいつは、絶対にサッカーをやるべきだ。

という確信が槍也にはある。

だが一方で、佐田が断った事は無理もないと思っていた。

そもそもにおいてスポーツは、やる、やらないは、自分の意思で決めるもので、佐田がやらないと言っているのに槍也がどうこう言うのはおかど違いだ。

また、年齢にしても、環境に関しても、概ね佐田の言っていることは間違っていなかった。

無理を言っているのは槍也の方。それはわかっている。

そして、わかった上でなお諦められない。

何をやったら佐田がサッカーを始める気になるのか？　さっきからずっと、そればっかりを考えている。

——確かに高校からサッカーをやって、プロや日本代表を目指すのは極稀《ごくまれ》だ。

——けど、あいつは、その極稀に入る奴だと思う。

——でも、信じてもらえない。出会ったばかりの俺には、それだけの信頼がない。

「くそっ！」

思わずぼやいた。何故、同じ学校にいたのに、今まであいつと出会わなかったのか？　もっと早くに出会えていたら、なんとしてもサッカー部に誘っていた。きっと周囲も佐田の才能に気付いて、ちゃんと才能に見合った進路を歩いていたはずだ。

と、そこまで考えて首を振った。

今のは、なんら生産性のない妄想だ。意味がない。

考えるべきはこれから。佐田がサッカーを始めて、プロのスカウトや代表の目に留まるには、どうすればいいか……だ。

もう何回も何回も自問した。

だが、佐田を納得させられる答えが一向に思いつかない。

――偶々《たまたま》、スカウトが通りかかるわけもないし。

――いっそ、俺が代表の監督に進言する。……駄目だな。そんなので佐田がサッカー始めるわけがない。

――やっぱり、全国で活躍するのが一番なんだろうけど。

――神奈川で勝ち抜くのはキツイよな……。

神奈川は全国でも稀に見る激戦区だ。ライバル校は軽く百を超える。

その中でも全国から選手を集める私立の強豪校には、日本代表に呼ばれる選手も普通に存在している。

槍也自身は、最終的には監督の人となりや練習風景を比べて、自分が一番成長できると思った東京の高校を選んだが、単純に実力だけを見比べるなら同等かそれ以上の学校が幾つもある。

――いくら佐田でも勝てないだろうな……。

――というか、もし俺が同じ立場に立っても一人じゃ無理だ。

――…………ん？　一人？

ふと思い立った。本当になんの気もなく、あるいは、ずっと考え続けた故《ゆえ》の必然か、兎《と》にも角《かく》にも一つの案を槍也は閃《ひらめ》いた。

それは単純な足し算だった。

いくら佐田でも、一人で強豪校との戦力差をひっくり返すのは不可能だ。

けれどもう一人いればどうだろう？　佐田と同等かそれ以上の選手がいれば、強豪校とも互角に渡り合え、地区大会を勝ち抜く事も出来るかもしれない。

佐田と同等かそれ以上の選手、例えば……、

——俺とかな……。

そう思った瞬間、槍也はこれまでの人生で、およそ体験した事のない心境に陥《おちい》った。

たとえるなら、灼熱《しゃくねつ》の砂漠にいながら、極寒の風に身を晒《さら》しているような両極端の板挟み。

佐田がサッカーを始める糸口を見つけた興奮と、それと引き換えに自身が色々なものを失うという恐怖。

とても平静ではいられなかった。

自然と呼吸が荒くなり、いっそ叫び出したいくらいだったが、

——落ち着け！

と、強く自分に言い聞かせた。ここから先は冷静な判断力が絶対に必要だ。

壁にかかった時計を眺めながら、ゆっくりと深呼吸を行い、はやる気持ちを落ち着けていく。焦《あせ》る必要はない。

およそ秒針が三回まわった所で、もう大丈夫だと判断して、改めてその案に向き直った。

――俺が佐田と同じ高校に入れば、佐田はサッカーを始めるかもしれない。

確証はない。

けど、あいつはサッカーそのものは好きだと言っていた。

辛い練習でリタイアするかもと言っていたが、同じチームなら、助け合い、励まし合うことが出来る。

そして、成長したあいつと俺なら、厳しい地区大会を勝ち抜いて全国の舞台に立つことが出来る………かもしれない。

ひどく不確かであやふやな道だが、可能性は感じる。

ただ、その道を選んだ場合、失うものがたくさんあるだろう。パッと考えただけでも片手に余るぐらいは思いついた。

・サッカー強豪校から普通の公立高校に鞍替《くらが》えする訳だから、指導者、練習時間、設備、その他もろもろの質が落ちる。
・佐田がサッカーを始めたとしても、やはり地区大会を勝ち抜くのは厳しい。
・すでに内定したものを覆すわけだから、色んな所に謝りに行かなければならない。

・授業料免除の特待生ではなくなるのだから、両親は反対するかもしれない。仮に認められても負担をかけることになる。
・色んな人から非難を受けるだろう。
・そして、佐田がサッカーを始める保証はない。

指折り数えるだけで気持ちが滅入《めい》る。

――とりあえず、こんなところか。

そう思って、一番大事な事が抜けている事に気づいた。

――ああ。

――今から、受験勉強しなきゃな……。

まず一般入試で受からなければ話にならない。

――確か、佐田の受験する高校は……。

槍也は顔を上げて、少し離れた所に座っている妹に尋ねた。

「琴音。佐田が受験する高校って天秤高校だっけ？」

「？　ええ、そうですけど……」

「そっか、ありがとう」

そう言って、また考え事に戻った。

物覚えのいい琴音なら、槍也と違ってうろ覚えということもないだろう。

——天秤か。ちょっとキツいか？

——でも、絶対に無理ってわけでもないよな？

これが琴音の受験する様な水瓶《みずがめ》高校だったりしたら選択の余地なく諦めるのだが、幸か不幸か天秤高校は槍也の手の届く範囲内だった。

——さて、どうすっかな？

この先、自分の運命が変わる決断だ。どちらの道を選ぶか慎重に見極めなければいけない。だというのに、

——電話で断るのは失礼かな。

——先生にも早めに話をしないと……。

——天秤に落ちた時は私立か……出来るだけサッカーの強いとこなら……うん。

既に、そっちの道へ進む前提で物事を考えていた。

流石《さすが》に呆《あき》れる。

——うわ……俺って、超馬鹿なんだな……。

そう思ってなお、行く道を変える気にならない。

——とにかく、父さんと母さんには今日の内に伝えようか……。

そんな風に、天秤高校へ進学する方向へ今後の予定を組み立てていると、唐突に琴音

が声を上げた。

「えっ？　兄さん！　まさかさっきの質問は、天秤高校に行こうなんて思っているわけではないですよね⁉」

胸の内をピタリと当てられた槍也が琴音に顔を向けると、琴音は酷《ひど》く焦ったような表情を浮かべていた。

そして事実、琴音は焦っていた。

さっき佐田君の進路を聞かれた時から、どんな意図があって、そんな質問が出て来たのかずっと考えていたのだ。

いっそ、兄に直接聞けよ？　と思うかもしれないが、真剣に悩む槍也の邪魔をする事は気が引けた。

どんな時でも兄ファーストを忘れない琴音。

なので彼女なりに、ああでもない、こうでもない、と思考錯誤する内に、今まさに槍也が考えている案に行き着いたのだが、同時に血の気が引いた。

いくらなんでも違って欲しかった。トンチンカンな琴音の勘違い、であって欲しかった。

だが、

「うん。俺は天秤に……佐田と同じ高校に進学するよ」

既に葛藤《かっとう》を終えていた槍也は、迷いのない口調で琴音に告げた。

一方で、衝撃のセリフを聞いた琴音は、これでもかという程に狼狽《ろうばい》した。

思わず問い返す。

「あの……！　その！　ちょっ……ちょっと待って下さい！　本当に本気なんですか⁉」

「ああ。本当に……本気なんだ」

「……っ！　駄目です！　それはいけません！」

咄嗟《とっさ》に、強い否定の言葉が出た。

まだ、冷静に物を考える事は出来ていないが、逆に言えば狼狽していても兄の考えが非常に良くない事がわかった。それこそ一目瞭然《いちもくりょうぜん》だった。

——絶対に止めなくてはいけません。じゃないと、兄さんの将来がピンチで危ないです！

そう思った琴音は、何としてでも引きとめるつもりで口を開こうとして……やめた。

やめざるを得なかった。

兄さんは困った様な表情を浮かべながらも、その目の奥底には決意の光があり、自分がどんな説得をしても無駄である事を悟ったからだ。

「…………」

何も言えない。ここから先は、琴音には理解出来ない領分だ。

思い返すのは今年の春、槍也が東京に進学する事を決めた時だ。今でこそ認め、応援しているが、琴音はその当初は反対していた。

というより、わざわざ家を出なくても神奈川にもサッカー強豪校はあり、自宅から通った方が何かと便利なのではないかと提案したのだ。

兄と離れたくないが故の案だったが、今振り返ってみても、それほど悪い案ではなかった様に思える。

しかしその時も、今の様に申し訳なさそうな顔をしながらも、決して意見を変えたりはしなかった。

しかも、小難しい理屈を並べ立てた琴音への反論が『なんとなくだけど、そっちの方がいいと思う』だった。

兄さんは、物事のメリット、デメリットの損得計算よりも、自分のフィーリングや勘を優先する人で、それでもけっして選択を間違えない。

いつだってそうなのだ。少しばかり秀才ではあっても、結局のところ凡人たる自分には、本当の天才である兄の閃きが理解出来ない。

兄さんが、琴音が、おやっ？　と首を傾げる選択をして、でも後に正しかった事が証明されたことが十五年の妹人生で一体、何回あったことか。

今回もきっとそうなのだろう。

はあっ……とため息をついた琴音は、半《なか》ば諦めながら問いかけた。

「これから、凄く大変ですよ？」

「うん。わかってる」

「もし、兄さんと佐田君が同じ高校に入っても、佐田君がサッカーを始めるとは限らないじゃないですか？」

「そうだな……その通りなんだけど……でも、しょうがないんだ」

兄さんは、しょうがない、などと言いながらも、とてもとても嬉《うれ》しそうな顔を浮かべて言った。

「俺はさ……きっと、あいつに惚《ほ》れちゃったんだよ。もう、他の事が考えられない……ぐらいにさ」

「……兄さん、そこまでなんですか」

思わず、佐田君に嫉妬《しっと》した。いや、流石に今の流れで男と男の恋愛的あれやこれやを想像したわけではない。ちゃんと、兄さんが惚れ込んだのはサッカー選手としての佐田君だとわかっている。

けれど、琴音が理路整然と言《い》い募《つの》っても東京行きをやめなかった兄さんが、たった一回、佐田君とサッカーをしただけで、あっさりとひるがえしたのだ。

これに嫉妬しない妹が、果たしてこの世にいるのだろうか？　いや、どこにもいはしない。いるはずがない。

——ああ、もう！　……もう！

やり場のない感情に翻弄《ほんろう》されていると、

「それで琴音、ちょっとお願いがあるんだけど……」

と、兄さんから言われたので、一旦、感情を横に置いて、兄さんに向き直った。

「なんでしょうか、兄さん？」

「いや、参考書とか貸して欲しいんだ。それと、何を重点的に覚えればいいかも少しだけでいいから教えて欲しい」

申し訳なさそうに手を合わせて拝《おが》む兄さんを見て、

——ああ、受験勉強しなきゃですね。

と、納得すると同時に、今更ながら凄い事に気が付いた。

——兄さんは東京に行かずに、天秤高校を受験するんですよね。

「…………………………」

深い沈黙が流れた。今、琴音の脳裏を悪魔的誘惑がぐるぐると回っている。

——いや……。

——いや、流石にそれは……ちょっと。

──でも、天秤高校って悪くもないですよね。家から近いですし、大学への進学率も高いですし、そもそも勉強なんて、やろうと思えば何処《どこ》でもやれますし……。

深い葛藤に頭を悩ませていると、

「琴音?」

と、兄さんに名前を呼ばれて、会話の最中だった事を思い出した。慌てて言う。

「あっ! 参考書ですよね⁉ 喜んでお貸ししますし、勉強範囲もお教えします!

……その他にも、わからない所はなんでも聞いて下さい」

「いや、琴音も受験生だろ? ……そんな迷惑はかけられないよ」

兄さんの、こちらに気を遣う言葉に琴音は首を振った。既に気持ちが傾いていた。

自分と兄が一緒に登下校する光景を思い浮かべつつ宣言した。

「大丈夫です。私は全く問題ありません。兄さんが天秤高校に合格するためなら、いくらでも力を貸しますとも、ええ」

明るくて華やかな雰囲気の槍也と、生真面目《きまじめ》で大和撫子《やまとなでしこ》な琴音。美男美女ではあれども驚くほどタイプの違う二人は、時に血の繋がっていない義兄妹じゃないかと疑われる事もあるのだが、二人は紛れもなく実の兄妹だった。血は争えない。

エピローグ

sanketsu no soccer ha sekai wo yurasu !

四月の初め、全国の学校では一斉に入学式が行われた。

神奈川県立天秤《てんびん》高校も例に漏れず、続々と新入生とその親が門をくぐって行く。

アキラもまた、その中の一人だった。

「アキラ。じゃあお母さん、保護者席に行くから後でね」

「はいよ」

途中で母親と別れた。

他の学生と同じく、一度、教室に向かうために学生用玄関に向かうと、その脇には大きなクラス分けの張り紙が掲示されていた。

一組から順に自分の名前を探していったら三組にアキラの名前があった。

『何組なの？』

「三組……」

『そっか！　ちゃんとあるんだねー。これでアキラもいよいよ高校生かー……なら、青春しないとね⁉』

「別に、無理に青春する必要はねえだろ」

『サッカー部は？』

「……入んねえよ」

入学式という事で、特にテンション高いヤマヒコ。

そんなヤマヒコをあしらいながら校内に入ろうとした所で、背後から名前を呼ばれた。

「佐田《さだ》！」

聞き覚えのある声に振り向くと、そこには天秤高校の制服を身につけた滋賀兄妹《しがきょうだい》が立っていた。

ほがらかな笑みを浮かべる槍也《そうや》と、丁寧にお辞儀をする琴音《ことね》。

二人とも元がいいので制服の着こなしがアキラより数段似合っていて、アキラと同じ新入生がちらほらと二人の事を振り返っているが、ちょっと待て。

なんで二人がここにいるのか、さっぱりわけがわからない。

『え？　いまの声は滋賀君？　なんでここに？』

ヤマヒコが尋ねてきたが、それはアキラの方が知りたい。

戸惑《とまど》うアキラの元へ、二人は近づいてきた。

「久しぶり！　今日からお互い高校生だな。ちょっと遅いかもだけど、合格おめでとう！」

「ああ……」

槍也のおめでとうに対してそれしか返せなかった。

人間、驚きすぎると言葉を失う。

そんな、まるで不意打ちを受けたようなアキラと違い、既《すで》に琴音からアキラの合格を聞いていた槍也は喜びはしても平常だった。

「ちょっと待って。俺もクラス分けを確認するから」

そう言って張り紙を眺《なが》め始めたが、目の良さにも定評のある槍也だ、すぐに自分の名前を見つけた。

「俺は二組か……佐田は何組？」

「三組……ってか……」

アキラは、二人が何でここにいるのか問い詰めようとしたが、それよりも琴音の方が早かった。

「三組ですか、なら私と同じクラスですね」

「はあ⁉」

振り返って、再びクラス分けの張り紙の女子の所を見ると、そこには滋賀琴音の名前がしっかりと記載されていた。意味がわからん。

「これから、よろしくお願いします」

生真面目《きまじめ》に頭を下げてくる琴音だったが、アキラの方は合わせて頭を下げたりはしなかった。

「よろしく……じゃ、ねーだろ⁉　東京は⁉　水瓶《みずがめ》は⁉　お前ら何でこんな所にいるんだよ⁉」

まるで怒る様な口調のアキラに二人は顔を見合わせると、槍也が代表してアキラの疑問に答えた。

「遅くなんかないよ」

「ああっ⁉　何が？」

「高校からサッカーを始めることがさ……全然、遅くないんだ。――前に言ったろ？　俺とお前が一緒にサッカーすれば、とんでもないことになるって。きっと凄《すご》く楽しいし、地区大会を勝ち抜いて全国にだって行けるよ」

その言葉で、アキラは数ヶ月前のやりとりを思い出した。同時に、何故《なぜ》、目の前の男がここにいるかも理解して絶句した。全てアキラと一緒にサッカーをするために……。

「…………………お前、嘘だろう？」

それしか言えなかった。

『だっはっはっは！　アキラ、超もてもてじゃん⁉　うわっはははははっ！』

同じく理解したヤマヒコが爆笑したが、うるせえ。

いや、マジでうるさい。

アキラには全然笑えない。

将来を期待されている滋賀槍也がサッカー強豪校からの特待を捨て、一般公立高校へ鞍替《くらが》えするリスクはアキラにも容易に想像がついた。

ましてや、一般入試で来たなら受験に落ちる可能性は全然あっただろうし、もしかするとアキラの方が受験に落ちる可能性もあったのだ。そうなったら無駄足なんてもんじゃない。馬鹿もいいとこだ。

滋賀槍也は自分の人生をかけてここにいる。それがアキラにも伝わった。

あまりの衝撃に固まってしまったアキラに、槍也が言う。

「まあ、佐田とは改めて話をしたいんだけどさ……でも、その話は後にしよっか」

「そうですね、これから入学式です。――ほら、佐田君も行きましょう」

二人に促されたアキラだが、呆然《ぼうぜん》としたまま何も考えられなかった。

まるで命令されたことをこなすだけの機械のように、鞄《かばん》から内ばきを取り出して校内へと足を踏み入れた。

因《ちな》みにこの後の入学式で、お偉いさんの話やらなんやら色々とあったのだが、アキラは何一つ頭に入らなかった。

＊＊＊＊＊＊

滋賀槍也が、当時、無名だった佐田明《あきら》を追って、何の変哲もない無名校に入学した事は、今では少しでもサッカーをかじった日本人なら誰でも知っている有名な逸話だ。

もはや、日本サッカー界における神話と言ってもいい。

滋賀選手がいなければ、佐田選手がサッカーを始めていなかったであろうことは、衆目の一致する所で、当人たちもそれを認めている。

それ故《ゆえ》に、

「滋賀槍也の最も偉大な功績は、佐田明を見出《みいだ》した事」

とまで主張する者も、少数ながら存在するほどだ。

しかしながら、当時の滋賀選手に対する世間の反発は、けっして少なくはなかった。

彼は『日本サッカー界の救世主《きたすくいぬし》』と呼ばれるほどに期待され、それは同時に、彼は彼にふさわしい環境で自己を鍛え、更なる飛躍を遂《と》げる事を求められていた。

そんな彼が、ろくな設備も指導者もいないような無名の公立高校へと進学したのだ。

「滋賀槍也は、競争から逃げた」

「滋賀槍也は、お山の大将に成り下がった」

「滋賀槍也は、日本のサッカーを牽引《けんいん》する器ではなかった」

そう非難する声は強かった。むしろ、彼に期待していた人間ほど失望し、厳しい言葉を投げかけた。

滋賀槍也の名声と評価は地に落ち、泥にまみれた。

それが間違いだと、滋賀槍也が本当の天才だと世間が知るのはしばらく後の事で、それは本人の活躍というよりも、むしろもう一人の三傑《さんけつ》『暴君』佐田明が頭角を現し、その存在を知らしめる内に、滋賀槍也の名誉挽回も成されていく事となる。

書き下ろし　これはアキラとヤマヒコが出会ったばかりの頃のお話

sanketsu no soccer ha sekai wo yurasu !

「くっそ……坂が多すぎる！」

とある週末の晴天日、アキラは朝の八時から、かれこれ三時間以上にわたって自転車を漕いでいた。

ところどころ休憩を挟んだとはいえ、これだけ長い時間自転車に乗っていると足はダルいし尻は痛い。もう、ヘトヘトだ。

その上、急勾配の坂道が続くとなれば愚痴の一つや二つは言いたくもなる。

ましてや帰りも同じだけ自転車を漕がなくてはいけないとなると……、

——やめだ、やめ！

アキラは一旦、憂鬱《ゆううつ》な未来から目を逸《そ》らして目先の事に集中した。

少し前に目的地の神社まであと何キロという看板があった。そこからのおおよその移動距離を差し引きすると、たぶん、この坂道をあと二つか三つ乗り越えれば到着する筈《はず》だ。

とにかくそこまでは行くと、息も絶《た》え絶《だ》えになりつつもラストスパートをかけていると、そんなアキラを応援する声がどこからともなく――いや、アキラの身の内から聞こえてきた。

『アキラ頑張れー！　あと、ちょっとなんだろ？　ファイトーいっぱーつ！』

朗《ほが》らかで裏表のない声音は、その声の持ち主であるヤマヒコがアキラを純粋に応援していることが感じとれたが、しかし、当のアキラは眉を顰《ひそ》めて苦虫を噛《か》み潰《つぶ》した。

知らない内に自分の中に居着いていて、ことある毎《ごと》に話しかけてくる得体の知れない存在。

とても苛《いら》つく。なんなら、その存在全てが気に食わないと言っても過言じゃない。理由なんて考える必要もない。人がトイレで用を足している時でもすぐ側《そば》にいるとか、その一つだけでもアキラが殺意を抱くには充分すぎる。

「お前、今日俺が何処《どこ》へ何しに行くのか本当にわかってんのか？」

『今日の目的？　そりゃ……観光じゃないの？』

「お前の除霊だよ！」

とぼけた返事を返すヤマヒコに、つい声を荒らげてしまった。

自分の中に得体の知れない存在が住み着いていると知り、アキラは当然のようにその何かを排除しようと試《こころ》みた。

タバスコの一気飲みから始まり、塩を盛ったり念仏を唱えたり、筋トレを重ねて極限まで疲労してみたり、ヤマヒコの嫌いな音を探し当てたり、その逆に癒《いや》し系の音楽に浸ってみたりと、アキラが思いつき一人で行えることは全てやってみた。

寺や神社、教会に行くのも、それの一環だ。なんかこう、いい感じに神聖なパワーが働いて成仏しないかと願ってる。

因《ちな》みに先週の週末も先々週の週末も同じことをやっていた。もう近場の寺や神社は行き尽くしたので、こうやって片道三時間以上もかけて、遠くの神社まで足を運んでいるのだ。

なのに、ヤマヒコはアキラの努力を台無しにするようなことを無造作《むぞうさ》に言った。

『除霊って言われても……たぶん俺、幽霊とかじゃないと思うよ？　生前の記憶とか一切ないし、恨《うら》みつらみも別にないし……』

「…………」

アキラは沈黙した。正直なところ「あ、これ意味ねえな」と、自分でもそんな気はしている。

しかし、他にヤマヒコを追い出せる案があるかと言われればそうでもなく……。

「ええい、諦めねえぞ！」

アキラは弱気を振り払うように強く言った。今までの神社仏閣では効果はなかったが、今回の神社は効果があるかもしれない。もしくは、お百度参《ひゃくどまい》りやお遍路《へんろ》という言葉があるように、数をこなせば何かが変わるかもしれない。本当に意味がないかは、やらなければわからないのだ。

奇跡を願いながらアキラは自転車のペダルを漕ぎ続けた。

******

坂を乗り越えて、乗り越えて、もはや半分登山といってもいいぐらいの道のりを終えると、ようやくも目的地である神社が目の前にやってきた。

山の中腹を切り崩して作った神社。その境内《けいだい》には、敷地の周りの自然と融和《ゆうわ》するかのように数々の植物が植えられている。

渋い色合いの鳥居をくぐり抜けたアキラは、それらをキョロキョロと見回し、やがて満足そうに頷《うなず》いた。

ここなら何かしらの御利益があってもおかしくはない。少なくとも雰囲気だけなら満点だ。

「とりあえず一周してみるか」

一応、ネットで下調べはしてあったのだが、アキラ好みの景観ということもあり、半ば観光のような気分で敷地内を見て回った。

他の観光客のように、整えられた芝生《しばふ》の中にぽっかりと浮かぶ一筋の石畳《いしだたみ》の上をゆっくりと歩いて行く。

緑豊かな景観と山頂から吹き下ろす風が気持ちよく、小さな悩みなど吹き飛んでしまいそうだ。

ついでにヤマヒコも吹き飛んでくれたら言うことはないのだが、これまでの経験からすると、そんなに簡単にいくわけがない。

現にヤマヒコは、

『都会のごった煮のような音もいいけど、こういう自然が奏でる音楽もいいよねー』

と、アキラ以上にご満悦だ。とてもじゃないが成仏するって感じじゃない。

――マジで畜生だな……。

本格的な除霊を始める前から無駄足感が半端《はんぱ》ないが、ここで諦めたら、それこそ片道三時間の意味がない。

敷地内をひと回りしたアキラは、改めて本殿の前に立つとポケットから財布を取り出した。

中学生にとっては決して軽くない五百円玉を取り出して目の前の賽銭箱《さいせんばこ》へ放り込むと、スマホで調べた正式な祈り方を真似しながら熱心に祈った。

――ヤマヒコが消えてくれますように！

それはもう強く祈ったのだが、残念なことにヤマヒコは健在だった。

『俺も願い事していい？』

と、本当に普段どおりで消え去るどころか弱る気配すら見えない。

チッと、アキラは小さく舌打ちをした。

全く、ここでスッパリと願い事を叶《かな》えてくれるなら、アキラは信徒とも呼べないにわか信徒から敬虔《けいけん》な信徒へと早変わりするのだが、神様は商売っ気がなさすぎる。

だが、最近の寺巡り、神社巡りで、参拝に効果がないことは既にある程度理解していた。なので小さく苛ついても大した落胆はなく、速やかに次の行動へと移ることにした。

アキラがこの神社に行こうと思ったきっかけは、ここが自転車で行ける範囲である、ということの他に修行の場があるからなのだ。

敷地の隅の方に、板張りの床と四隅の柱と平らな屋根だけで、壁すらないという質素な建物が建てられていて、そこは、誰でも自由に使うことが許されている。

神社のホームページには実際に観光客が座禅を組む様が載せられていた。

その画像と共に載せられた《あなたも自分を見直しませんか？》という文言に惹《ひ》かれてアキラはここまでやってきたのだ。

因みに場所は最初の散歩で把握《はあく》している。

そんな訳でアキラは本殿を離れて離れの建物へとやって来た。

実際の建物をその目で見ると、確かに修行の場っぽい厳《おごそ》かな空気は感じる。ただ、それとは別に、こんなに隙間風が入り放題だったら掃除とか大変だろうと、俗っぽい感想も抱いた。

それなりに古そうな建物だが、汚れたイメージはないので定期的に掃除はやっているはずだ。

こう、一見シンプルそうに見えて意外と手間がかかりそうな建物。

アキラは最初、奇妙なものを発見した気になってしげしげと眺めていたが、しばらくして初心を思い出した。

ここに来たのは建物の評論を下すためじゃない。アキラの身の内に居座る厄介者を追い出すために、ここに来たのだ。

改めて建物へ近づくと、床の一歩手前で靴を脱ぎ、靴下で建物へと乗り込んだ。

そして、どうせ座禅を組むなら部屋の隅より中央がいいだろうと、真ん中まで行ってから床に座った。

修行の間で座禅を組んでみて……まず真っ先に思った事は、座れて足が楽になった、だった。座禅は座禅で無造作にあぐらを組むより大変なんだが、それを差し引いてもだいぶ楽だ。

どうやら三時間におよぶチャリ漕ぎが相当、足に来ていたらしい。

この分だと帰りは三時間ではすまないだろうと、そこまで考えてから首を振った。

違う、帰りの心配をしたくて座禅を組んでいるわけじゃない。

気を取り直したアキラは、今一度、精神を研《と》ぎ澄《す》ませようと試みたが、今度は建物の外にいる観光客の視線が気になった。

大した人数ではないが、座禅を組んでいるアキラのことを興味深そうに見ている。

まあ確かに、誰でも使っていいとあっても実際に使う人間はそう多くはないだろうし、遊び半分やお試し半分ではなくガチな空気を出している人間は更に少ないだろう。

見られるのも仕方ねえかと思う反面、気が散って気が散って……、

——なかなか上手《うま》くいかねえな……。

当たり前だがアキラは坊さんでも何でもない。

だから祈りとか瞑想とか、そういうものに慣れてはいない。

けれど、これまで何をやっても駄目だったヤマヒコを追い出そうというのだから、最低限、周囲からの視線が気にならない程度の集中力はいるだろう。

「……よし、もう一回だ、もう一回」

再び姿勢を正して目を瞑《つぶ》って思考をシンプルに、たった一つの事だけに集中した。

悪霊退散！　その言葉が今のアキラに一番しっくりくる。

まあ、本当に悪霊なのかはわからないが似たようなものだろう。少なくともアキラにとってはそれで間違いない。

――悪霊退散！　悪霊退散！

神に祈るというより、より自分の意思を強めるかのように。自分の力でヤマヒコを追い出してやるという意気込みを込めて、熱心に繰り返した。何回も、何十回も。

するとある時、自分の中で何かが弾《はじ》けるような感覚があった。

今までにない、自分でも知らなかった力に目覚めたような解放感。

びっくりしたが、これならいけると、より強く念じた。

『悪霊退散！　悪霊退散だ！　おら、消えろ！　どっか行きやがれ！』

『……あのさあ、流石《さすが》に悪霊はないんじゃない？　俺、アキラに危害を加えたことなんて一度もないよ。それなのに悪霊呼ばわりはちょっと酷《ひど》いと思う』

『うっせ！　お前の存在そのものが迷惑なんだよ…………ん？』

『あれ？　何これ？』

声を出していないのに会話が成立していた。

訳がわからなかったが、わからないままに、もう一度試してみた。

『ヤマヒコ、聞こえてるか？』

『ばっちり聞こえてるよ』

『……じゃあ、これから言う数字を当ててみろ。6、6、7……だ』

『6、6、7、でしょ？　へー……アキラもテレパシーが出来るようになったんだね。これから内緒話とかも出来るじゃん？』

『………』

なんか、ちょっと嬉《うれ》しそうなヤマヒコとは裏腹にアキラは沈黙した。絶句したと言ってもいい。

これが、これまでの数々の試みと同様に最初から駄目だったなら、まだショックは少なかっただろう。けれど、これまでにない手応えがあったと思ったのに、それが全然的外れ。

挙句《あげく》に得たものが得体の知れない存在との得体の知れない交信方法とか何なんだそれ……と、アキラが目の前の出来事を上手く消化出来ないでいるとヤマヒコが嬉々として言った。

『アキラ。これは、きっと神様からの啓示なんだよ。あー、お前たちは生涯を共に歩く相棒である。だから、ちゃんと話し合って仲良くしなさい……みたいな？』

その、ヤマヒコにとってどこまでも都合の良い解釈を聞かされ、アキラは日頃の不満も相まってブチ切れた。

「ふざけんな！　何が相棒だ！　俺の人生で、お前が必要になる時なんて絶対に来ねえよ！」

唐突に喚《わめ》き出《だ》したアキラのことを周囲の観光客がギョッとした目で見つめたがそれにも構わず、気付きすらしないでアキラは腹の底から湧き上がる激情をぶち撒《ま》け続けた。

「絶対に！　いいか、絶対にお前を追い出してやる！　覚悟しとけよ、畜生が！」

＊＊＊＊＊＊

そろそろ試合が始まる。それを察したアキラは目を見開いた。

自分でもよくわからない声が出た。隣の椅子に座っていたテルトマが「どうした？」という顔で見てきたが、アキラは軽く手を振って、なんでもないという意思を示した。それでテルトマはアキラへの興味をなくし、再び自分のスパイクの靴紐《くつひも》を結び直し始めた。

「あー……うん、あー……」

かなり神経質なところがあるテルトマは、緊張すると、そういう細かいところが気になるらしい。

アキラだって他人事《ひとごと》ではない。日本から遠く離れた異国での初めての試合とあって、心理的に平常心を保つのが難しい状況が揃っている。

なので、落ち着いて試合に臨《のぞ》めるよう瞑想に取り組んでみたが、何故《なぜ》かサッカーとは関係のない昔の話を思い返してしまった。まあ、昔を思い出したことで落ち着いた面もあるので良しとしよう。

――結局、追い払えなかったな……。

ヤマヒコの存在を知った当初、その存在を追い払うためにアキラは力の限りを尽くした。

しかし、その全ての努力は無駄に終わり今でもあいつはここにいる。

そして、だからこそ自分はここにいる。

ヤマヒコの存在がアキラの人生にまで影響を与えている。

それはつまり、

――相棒って奴なんだろう。

いささかの苦笑とともにアキラはそれを認めた。ただ、それを口にすると相方が調子に乗りまくるので口にはしない。

代わりに、試合に向けての意気込みを告げた。

『そろそろ時間だ。……俺らの不当に低い評価をひっくり返しに行くぞ』

『あ、瞑想は終わったんだ。……でも不当に低い評価って何？　知名度が低いって事？　アキラ、フランスに来たばっかりだからしょうがないじゃん？』

『ここでの評価じゃない。日本での俺らの評価の話だ』

『は？』

驚きの声を上げたヤマヒコは、しばらくの沈黙の後、疑いの声を上げた。

『アキラの評価ってそんなに低いかな？』

言外に、そんなことないでしょ、というニュアンスが含まれていたがアキラは強く頷《うなず》いた。

『そうだよ。俺が世間から言われてることを思い返してみろよ』

『……えっと、日本一性格の悪いサッカー選手？』

『それは只《ただ》の誹謗中傷《ひぼうちゅうしょう》だ！　ごく一部の人間がほざいてるだけの根も葉もないデタラメだろうが⁉』

『そうかな？』

『そうだよ！』

そりゃ自分に自分勝手な一面があることは自覚しているが、だからといって日本一とは誇張が過ぎる。だいたいアキラに言わせれば自己主張の激しさは欠点ではなく個性の範疇《はんちゅう》であり、最低などと言われる謂《いわ》れは何ひとつない。ないに決まっている。

『じゃあ、それじゃない他のやつ——最強世代の一角？』

『それは間違ってねーな。それじゃない。他にもあるだろ？』

『なかなか難しいね。——次のワールドカップで間違いなく中核を担《にな》う選手』

『それだ』

アキラが肯定するとヤマヒコは一瞬、言葉を失った。

『え⁉　これなの⁉　これの何処が不当な評価なのさ？　超認められてるじゃん⁉』

『馬鹿言うな。いいかヤマヒコ。次のワールドカップってのは四年後のワールドカップのことで半年後のことじゃないんだ』

『……それはまだ実績が足りないからじゃない？　アキラ、ヨーロッパデビューしたばかりじゃん』

『納得できるか』

いや、本当に納得できない。これが、今いる代表メンバーがアキラ以上の強者揃いでアキラの出る幕なんか一切ないというなら納得して「次は選ばれてみせる」で終わらせられる。

でも、そうじゃない。自己評価ではあるが、アキラの見たところ、日本人という枠組みにおいてアキラ以上の中盤など一人もいない。

であるのに引き下がる理由など、アキラの何処を探してもありはしない。実績が足らないというのであれば今から付け足すまでだ。

きっと、あいつらも気持ちはアキラと同じだろう。

沸々《ふつふつ》と湧き上がる戦意に身を任せていると控室の扉が開いた。

開けたのは監督で、監督はそのまま中に入っては来ず、中にいる選手たちを促した。

「そろそろ行くぞ。勝ちに行く。全員、勝ちに拘《こだわ》れ」

まだ拙《つたな》いアキラの語学力でも、何を言っているかぐらいは聞き取れた。

他のメンバーと同じくグラウンドに向かおうとする中、アキラは日本語で、小さく、しかしハッキリ呟《つぶや》いた。

「行くぞ。――日本代表を獲《と》りに行く」

あとがき

初めましてカロリーゼロと言います。この本をとってくれた方、ありがとうございます。

きっと少なからずサッカーに興味がある人たちだと思うので、そんな人たちの期待に応えられればと思います。

因《ちな》みにこのアキラの物語、実はサッカーとは全然関係ないことがきっかけで始まりました。

というのも当時の自分は、漫画の影響で古代中国の『項羽《こうう》と劉邦《りゅうほう》』にハマっており、中でも『漢の三傑』と呼ばれた韓信《かんしん》という大将軍に大ハマりしておりました。

有名どころなので、中国史に興味がある人なら知っている人も多いのではないかと思います。

また、韓信を知らなくとも『国士無双』という言葉や『背水の陣』と言った言葉は聞いたことがあるのではないでしょうか？　これらの語源の由来となった人物が韓信です。

その韓信は先ほども挙《あ》げましたが、国士無双と称されるぐらいに活躍したのですが、妙に人間くさいというか偏屈《へんくつ》なところもあって、そういうところが作者の心を捉《とら》えました。

一例を挙げますと、劉邦陣営の大将軍だった韓信は、ある事件がきっかけで、劉邦に大将軍から将軍へと降格させられてしまいます。

それを不憫に思った他の将軍が韓信の屋敷を訪れるのですが、その将軍を見て韓信はこう言うのです。

「この俺が、いまじゃ、こんな奴と同格かよ。……いっそ、あの時に死んどきゃよかった」

くっそ性格悪いと思います。でも、作者はそんな韓信が大好きなのです。

ところがこの韓信さん、大将軍から将軍へと降格するというエピソードからも察せられるかもしれませんが、華々しく大活躍をした反面、最後はちょっと悲しい最期を迎えてしまいます。

2000年以上昔の歴史に文句をつけても仕方ないのですが、でも、この終わりはないんじゃないかと思わずにはいられませんでした。

そこで作者は思いました。

だったら自分が見たい、最後までカッコいい韓信を書こうじゃないか……と。

そんな訳で、韓信をモデルにした主人公アキラを作り出し、アキラが現代日本から異世界に転生して、大将軍として大陸を統一、知略を活かして世界を救う異世界国士無双物語。最初はそんな戦記物を作ろうとしたんです。

したんですが、作者的にどうしてもスルー出来ない問題が起きてしまいました。

それは韓信の活躍が凄すぎて、それを参考にキャラと物語を作ろうとするとリアリティーがなくなってしまうということです。

小説家になろうではチート主人公がたくさんいますが、それら主人公と比較しても負けてないリアルチートな韓信さん。

真面目な話、最初に韓信を知った時、

「こいつ、なろう主人公よりなろう主人公じゃないか？」

と、作者は思いました。

そんな韓信をモデルにそのまま戦記物を作っても「これ、リアリティがないだろ」と言われることが目に見えていました。

なにより、自分の心がそう言っていたのです。

そこで一旦、戦記物は諦めて、じゃあどんな舞台だったら面白く書けるのか、そう考えた時に始めてサッカーが出て来ました。

そんな感じで、最初からサッカーを題材に小説を書こうと思っていた訳ではないのですが、いざ書いて見ると凄く楽しかったです。

キャラもストーリーも、自分の書いた小説の一番のファンは自分なんじゃないかと思います。

なのでで、本を出さないかと声をかけてくれたファミ通文庫の方々やイラストを描いてくれた八三《はっさん》さんには凄い感謝！　していますね。

最後までアキラの物語を書き切りたいと思っていますので、応援して頂けたらありがたいです。

はじめまして。
イラストを担当した八三(はっさん)です。
非常に楽しくキャラデザ、作画させていただきました。
よろしくお願いいたします！

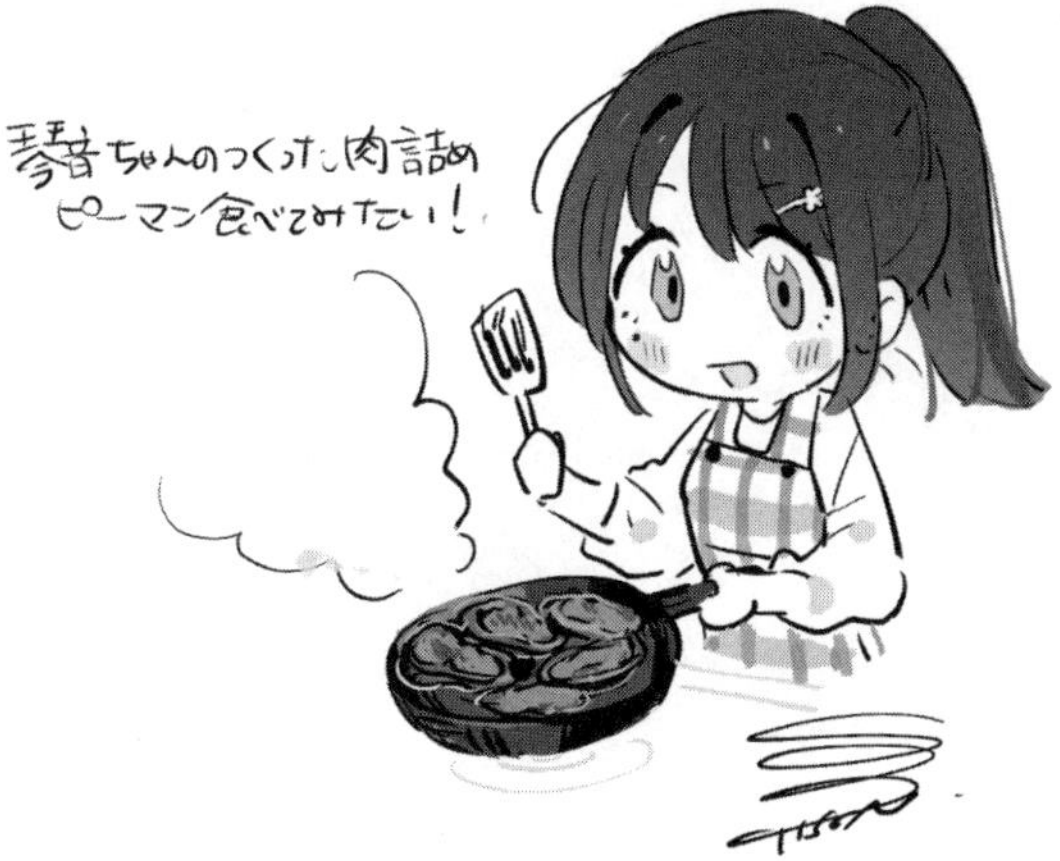
琴音ちゃんのつくった肉詰めピーマン食べてみたい！

■ご意見、ご感想をお寄せください。……………………………………………
ファンレターの宛て先
〒102-8177　東京都千代田区富士見2-13-3　ファミ通文庫編集部
カロリーゼロ先生　　八三先生

FBファミ通文庫

三《さん》傑《けつ》のサッカーは世《せ》界《かい》を揺《ゆ》らす！

1824

2023年10月30日　初版発行

◇◇◇

著　　者　カロリーゼロ
発 行 者　山下直久
発　　行　株式会社KADOKAWA
〒102-8177 東京都千代田区富士見2-13-3
電話 0570-002-301（ナビダイヤル）
編集企画　ファミ通文庫編集部
デザイン　アフターグロウ
写植・製版　株式会社スタジオ205プラス
印　　刷　TOPPAN株式会社
製　　本　TOPPAN株式会社

●お問い合わせ
https://www.kadokawa.co.jp/（「お問い合わせ」へお進みください）
※内容によっては、お答えできない場合があります。
※サポートは日本国内のみとさせていただきます。
※Japanese text only

ISBN978-4-04-737671-7 C0193

定価はカバーに表示してあります。

ギャルに優しいオタク君

著者／138ネコ
イラスト／成海七海
キャラクター原案／草中

オタク君マジ最高なんだけど!!!

仲良くなった金髪ギャル鳴海《なるみ》優愛《ゆあ》の悩みは多い。その悩みを解決するのは――小田倉《おたくら》浩一《こういち》のオタク趣味!? 「オタク君マジ最高なんだけど!!!」ギャルの趣味を理解するオタク君の学園青春ラブコメディ!

FB ファミ通文庫

現代陰陽師は転生リードで無双する 弐

既刊 1巻好評発売中！

著者／爪隠し
イラスト／成瀬ちさと

誰よりも早くスペシャリストの道を駆けあがれ！

峡部聖は独自のトレーニング法と父からの教えによって、陰陽師としてのスキルを磨く日々を送っていた。ある日、母方の祖母が入院していることを知る。生まれてから1回も会えずにいた祖母と面会することになり——

FB ファミ通文庫

自作3Dモデルを売るために サキュバスメイドVtuberになってみた

著者／下垣
イラスト／姫咲ゆずる

俺の応援はしなくていいから、俺の娘《モデル》を買ってくれ！

男子高校生の賀藤琥珀《がとうこはく》は、自作した美少女3Dモデルの宣伝のため、Vtuberのショコラとしてデビューする。しかし3Dモデルはほとんど売れないまま、なぜかショコラだけが人気になってしまい……!?

俺だけレベルが上がる世界で悪徳領主になっていたV

既刊 Ⅰ〜Ⅳ巻好評発売中！

著者／わるいおとこ
イラスト／raken

新エイントリアン王国、始動！

ついにエイントリアン王国の建国を宣言したエルヒン。だが建国早々、エルヒンを脅威とみなした周辺諸国が相次いで宣戦布告をしてくる。しかもエルヒンが出向く戦場にはなぜか毎回メデリアンが姿を現して——!?

放課後の図書室でお淑やかな彼女の譲れないラブコメ3

既刊 1～2巻好評発売中！

著者／九曜
イラスト／フライ

泪華の気持ちに静流は――。

放課後の図書室で姉の蓮見紫苑《はすみしおん》、先輩の壬生《みぶ》奏多《かなた》、恋人の瀧浪泪華《たきなみるいか》の三人と楽しくも騒がしい日々を送る真壁静流《まかべしずる》。そんな中、奏多からデートに誘われた静流は週末を一緒に過ごすことになるのだが……。放課後の図書室で巻き起こるすこし過激なラブコメシリーズ、堂々完結。

FB ファミ通文庫

賢者の孫17

永遠無窮の英雄譚

著者／吉岡 剛
イラスト／菊池政治

既刊 1〜16巻好評発売中！

異世界ファンタジーライフ、終幕

エリザベート暗殺計画を止めたシンたちアルティメット・マジシャンズ一行。それぞれが子供たちと楽しい日々を過ごす中、シンは養子・シルバーに「ぼくは何者なの？」と問われ、真実を話す決意をするのだが……。

FB ファミ通文庫

魔王のあとつぎ2

既刊 1巻好評発売中！

著者／吉岡剛
イラスト／菊池政治

「シルバーお兄様との恋路を邪魔するものは吹っ飛ばす！」

父の二つ名を受け継ぐため、高等魔法学院に通うシャルロット＝ウォルフォード。ある日、彼女のクラスに南大陸から褐色肌の美少女ラティナ＝カサールが転入する。彼女の目的はシルバーを連れ帰ることなのだが……。